原野上

Das Feld

〔奥〕罗伯特·泽塔勒 著
刘秋叶 译

南海出版公司

新经典文化股份有限公司
www.readinglife.com
出　品

在墓间闲逛的人啊，

自以为懂得生命。

——埃德加·李·马斯特斯

《匙河集》

Contents 目录

声音

男人看着面前草地上错杂散落的块块墓碑。草很高，小飞虫在空中嗡嗡营营地飞舞着。掩映在丛丛茂密接骨木下的墓园围墙已斑驳剥落，墙头上落着一只乌鸫，啾啾鸣唱着。他并不能看到那只鸟。他的眼睛有恙已久，尽管每年都愈发严重，他还是不肯戴眼镜。虽然有种种关于戴眼镜对视力有益的论调，但他不愿理睬。有人问起，他就说现在他已习惯，并且在周围环境的日益模糊中感觉很是舒服自在。

天气好时，他每天都来。他先在各块墓之间闲适地四处走走，然后在一棵长弯了的桦树下的木头长椅上坐下来。这条长椅并不属于他，但他把它看作自己的长椅。长椅老旧且已腐朽，再没有任何其他人敢信任这样的椅子。而他却像问候一个人一样问候它，用手轻抚着木头说："早上好！"或者"昨天晚上可真冷啊，对吧？"

这是保罗城墓园中最古老的一片区域,很多人称之为“那片原野”。以前，这里是一个名叫费迪南德·约纳斯的牧农的闲置地，一块毫无用处、布满石块的荒地，上面开着毛茛等有毒的黄色小野花。牧农很高兴能摆脱这块地，机会一出现就马上脱手给了市政府。这块地连养牲畜都不行，但对死人来说还是足够的。

现在已经几乎没什么人来这里了。上一场葬礼发生在几个月以前，男人已经忘记那次埋葬的是谁。而多年前的一场葬礼他却记得尤为清晰，那是夏末阴雨连绵的一天，人们将花店女主人格雷戈里娜·斯塔瓦奇入土安葬。两个多星期都没人察觉到格雷戈里娜倒在了她花店的储藏室里，前面店面里枯萎的鲜切花花束上已积了灰尘。那天，他与不多的几个送葬者一起站在墓前，静静聆听了神父的几句悼词之后，他就只听得进淅淅沥沥的雨声了。他与花店女主人的对话从来不过寥寥几句，但自从有一次他在付钱时无意碰到她的手，他便觉得自己与这位不引人注目的女人之间有一种奇妙的联系。墓园的园丁开始铲土填埋墓穴时，眼泪滑下他的脸颊。

他几乎每天都坐在那棵桦树下，任思绪蔓延。他思索着那些已经逝去的人。躺在这里的许多人，他都认识，或至少曾在生活中打过照面。他们中的大多数人生前是保罗城的普通市民：工匠、生意人、商业街及其两侧窄街上商店里的雇员。他试着再现他们的面孔，并把自己的记忆拼凑成图片。他知道，他想象的图片与现实并不相符，甚至可能跟那些人在世时的样子毫无相似之处。但这对他来说无关紧要。那些面容在他脑海中的沉浮让他感到欢喜，有时他会轻声窃笑，上身微微前倾着，双手叠搭在肚子上，下巴垂在胸前。如果有人在这样的时刻从远处观察他，比如某个墓园园丁或是某个游荡至墓园的人，很可能会有这样的印象——这个男人正在祈祷。

事实是：他坚信，他能听到死人说话。虽然他不能明白他们说的是什么，但他们的声音在他听来就如身边的虫鸣鸟叫一样清楚。有时他甚至认为，自己能从那嘈杂的声音混合中分辨出只言片语，但无论他多么努力地去倾听，他都从来没能把那些碎片组合成有意义的话语。

他想象着，如果这里每个人的声音能有机会再次被听见，将会是什么样的。自然，他们一定会谈人生。他想，或许人们只有在死后，才能最终评定自己的一生。

但是，也许那些已亡之人对他们的身后事根本没兴趣，也许他们会讲述生命彼岸的事，讲在那边的感受。召回，归天，接纳，转变。

然后他又摒弃了这种想法。他觉得这样想太过感性，简直可笑，他甚至开始怀疑，跟活着的人一样，死人会说出的也只不过是些鸡毛蒜皮的琐事，哼唧抱怨和吹嘘炫耀。他们会发牢骚、诉苦，会美化回忆，会哭闹纠缠，会愤慨咒骂，也会污蔑诽谤。当然，他们还会谈到他们的病痛，甚至有可能只是诉说他们的病痛，他们长年无望的病苦，以及他们的死亡。

男人坐在那棵弯曲的桦树下的长椅上，直到太阳落到墓园围墙后面。他伸开双臂，好像要去丈量他面前的一方土地似的，然后又垂下手臂。他再一次深深吸了口气。空气中有湿润泥土的气息和接骨木花香。然后他站起来，离开了。

商业街上的门店已开始打烊，店主们正忙着把装满内衣、玩具、肥皂、书本或其他廉价商品的箱子和货架收回店里。到处都能听到卷帘落下的咯哒咯哒声，街道尽头传来水果蔬菜商响亮的吆喝声，他正站在一个板条箱上向人们推销最后剩下的几只香瓜。

男人慢慢走着。想到将要坐在窗边俯望着街道度过这个夜晚，他就感到一阵恐惧。他有时举起手，回应别人的招呼，虽然他看不清是谁。人们一定以为他是一个心满意足的男人，在被阳光照暖了的石子路上开心地走着每一步；但其实，他在自家门前街道上感到陌生而不安。

在布克斯特以前的马肉店的橱窗前，他停下脚步，俯身细看窗玻璃上映出的自己的倒影。他希望看到的自己是一个年轻男子，可是与他对视的那双眼睛里，没有一点能够燃起他的想象力的神采。他的脸已严重走样，只剩下苍老与黯淡。不过总还是有一小片浅绿色的叶子落在他的头发上。他弹掉叶子，回头看了一眼。精神错乱的玛格丽特·利希特莱恩走在街的另一侧，拉着她自以为装满采购物品的手推车，但其实她从来没去买过东西。他向她的背影点点头，便继续向前走，比刚刚走得快了些。一个想法在他心里升起，或者更确切地说是一种直觉性的感受，关于他一生的时光：年轻时他只想打发时间，后来他希望能让时间停驻，如今，他已经老了，只企盼时光能够倒流。

这是老人的想法，他还不知道能从中提炼出什么收获。无论如何，他现在想先回家，因为随着日落天也变凉了。到家后他要先去储藏柜拿酒，让自己喝上一口。然后他要穿上那条柔软的棕色长裤，坐到厨房的桌旁，并且要背对着窗户，因为他认为，只有用这种方式——背对着世界，从容安详，不受任何干扰——才能将一个想法深思熟虑到底。

汉娜·海姆

我死的时候，你坐在我身边，握着我的手。我不能入睡，我已经很久都不需要睡眠了。我们谈话聊天，一起回忆过去。我注视着你，就像我一直以来喜欢注视你的那样。你并不是一个英俊的男子，你的鼻子实在太大了，眼皮看起来很疲倦，皮肤苍白、有许多斑点。你不是一个好看的男人，但你是我的男人。

你还记得吗：我是新来学校的，第一天你就在教师休息室里问我，我的手怎么了。它因为残疾畸形了，我说，没办法。你捧起我的手，端详了一会儿，然后指向窗外说，你看到那边那棵树了吗？它的那些树枝不是残疾，不是畸形，只是弯曲而已，而且正是因为它们朝着太阳的方向生长，才会弯曲。老实说，我觉得这些话相当多愁善感。但是我喜欢你用拇指轻轻抚摸我手指的感觉。而且，我也喜欢你那只大得不可思议的鼻子。我想，我觉得你有一点性感。

五十年后，你仍然握着我的手。我感觉你好像从来没有放开过我的手似的，我也对你这么说了。你笑着说，对，我确实没放开过！

现在，我已经不记得我死前最后说的话是什么了。但是，我生命中的最后几句话自然是对你说的，怎么可能不是呢。我还问了你，可不可以把窗户打开，我觉得我需要一点儿新鲜空气。那然后呢？然后我还说了什么？

但是，我还清楚地记得我跟你说的第一句话，那发生在教师休息室的对话之前。我一清早来到学校，看到你正穿过校园，从我面前经过。我拦住你，问你去校长办公室怎么走。抱歉，我说，我是新来的，您能帮助我吗？我问了你，尽管我其实知道路。你只说了句，跟我来吧，小姐，然后就沉默地走在前面。你的步子迈得很大，脚步沉重，上身微微向前倾，倒背着手，你走路永远都是这个样子。在朝阳的照耀下，学校大门的影子在水泥地面上形成宽宽的条纹。我穿着一件白色领子的薄荷绿铅笔裙。裙子是一个阿姨送给我的，我花了好几个小时才把它裁剪得合身。裙子上的白衣领是我从父亲的一件旧衬衫上剪下来缝上去的。当时我还指望着衬衫领子会让我显得自信而干练。但当我跟在你身后穿过校园时，我就已经感觉那领子又老气又呆板，让我丢脸。

这不奇怪吗？我记得那么多年前我穿的裙子的颜色，却不记得我死去时是哪个季节。

我根本没想到你是一名老师。大概某一部分的我依然扎着小辫、背着书包坐在教室里，所以在我的想象中，老师一定都是上了年纪的。头发灰白的老头儿或老太太，身上是咖啡和粉笔的气味，而他们的权威就像他们身上羊毛开衫的袖子一样，被流逝的时光磨损了。但你很年轻。你穿着一件皱巴巴的衬衫，敞着领子，脚上穿着皮凉鞋。没人在那个时候穿凉鞋。也许我以为你是某个学生的父亲，或是学校的勤杂工，我现在也不记得我当时是怎么想的了，但肯定不会是老师。也许当我跟在你后面走向教学楼时，根本没想这些，只是观察着你背在身后的双手。你的指肚看起来非常红润，仿佛发着灼热的红光，好像它们是仅靠着自己的能量、完全自发地在闪耀。

你打开窗户。你那化为剪影的身形。有一瞬间，窗帘被穿堂风吹得鼓了起来。光亮。那一定还是白天吧。还是已经又是白天了？你站起来走向窗边时，松开了我的手。你不是就那样随意地松开了我的手，而是把它放在枕头上，挨着我的头，我把我生命里的最后几口气呼进了我那只小小的、残疾的手里。

你不喜欢咖啡。咖啡不仅会染黑牙齿，还会染黑人心，你在教师休息室里说，看看你的四周吧，一群黑心的同事，全是魔鬼的造物！几个人笑起来，大多数人则装作什么也没听见。只有数学天才老尤赫廷格尔把你的话当回事，他推开窗子，让外面温暖的空气涌入房间。照亮我们这些黑暗之徒吧，他喊道，同时迎着夏日的阳光眯起发炎的眼睛。

我躺在床上，静静听着墙壁内暖气管道里隐隐的沉闷刷刷声。（所以那是冬天？）折磨了我那么久的疼痛，现在只是我淡淡的记忆。不知道什么时候，疼痛忽然消失了，不过我知道，这样的解脱与轻松只不过意味着最终别离的开始。但还有一点点时间。你坐到床边，握住我的手。我们相互诉说着……

请您跟我来，小姐！我没有立即明白你这话里的讽刺。“小姐”这个称呼在我当时看来是理所当然的。我们一前一后，走过水泥地面上的光影栅格。我能听到我们的脚步声以及被朝晖染成红色的围墙掷回的脚步回音。我们沉默地前行。但现在我忽然想起：我们还说了句话，就在我们快要走进前厅的阴影时。当心，你说。我说，好的。但是，你想要提醒我当心什么呢？

窗边的你的身影。微微向前倾的肩膀。你那窄窄的、窄窄的背。在你的背后，一如既往的——是你交叠着的双手。我曾多少次看见你这样站着？从我们搬进这套房子的那天起，你就喜欢俯看外面的街道。有时候，我下午上完课或者买东西回来时，远远就看到你站在楼上的窗户前。如果我的购物袋太重，我就把它们先放到地上，好向你招手。酸樱桃街 11 号，三楼。谁能想到，我们一起居住的第一套房子，也会是我们的最后一套呢？

我们走进教学楼时，我突然眼前一黑看不见你了。肯定是因为血液循环不好，前一天晚上我几乎没睡，早上又什么都没吃,有一刻,我站在一片晃动的黑暗中。等我又缓过来时，你已经走到高大的台阶上了。你没有回头看我，快步上着楼，总是一步跨上两个台阶。我跟在你身后。我们嗒嗒的脚步声回响在清冷的寂静中。

你握着我的手，用拇指轻轻抚摸我的手指——那些歪斜的小树枝。你的另一只手放在大腿上。你说话时眼睛是闭着的。眼睑后的眼球追随着描述的画面倏忽而动。白天的光亮照在你脸上，然后是夜晚的微光。我常常听到你放在大腿上的那只手上戴的手表的嘀嗒声。数个日夜轮转消逝，好像压缩成了短短几个小时。有时我们会一起睡着，当我们醒来时，一切如旧。

你问我，我究竟是从哪里来的。我故意装傻。我从外面来的，我说，不然还能从哪儿呢？我以为，这样回答能让我显得个性张扬。这时可以听到校园里孩子们清亮的喊叫声了。休息室里的教师们发出一声集体的叹息，行动起来。老尤赫廷格尔关上窗户，然后闭上眼睛。你的拇指停下不动了。外面可是远着呢，我的小姐，但现在您在这里了！

你把我的手放在枕头上。枕头的布料感觉起来凉丝丝、滑溜溜的。我温暖的呼吸。地板在你脚下发出嘎吱声。你的肩膀，你的背，嵌在窗户打开的窗框内。你身体周围的光似乎在跳动。我想，我听到了割草机的哒哒哒哒声。或者那是犁雪机？我对你说了把窗再关起来吗？我谈到明天了吗？我告诉你“我爱你”了吗？你还记得吗？

格尔德·英格兰德

“这个世界上有羊和狼，但没有选择。你不能挑选，你明白吗？这不是一个需要你做的决定，这是命运。但你很幸运：你是一匹狼。你强壮而有毅力。你不会被吃掉。你是掠食者。没人品尝过狼肉的滋味。命运站在你这边。你是我们中的一个。”

爸爸对我讲这些话时，我十岁。他在银行上班，他的衣柜里挂着大概二十条领带，一排熨好、刷梳整洁的西装。“现在这样，一切都好，而且会越来越好。”他坐在沙发上环视着房间说。妈妈坐在他身边，手搭在他的手上，点着头。她的手指玩弄着他手背上长长的黑色汗毛。我从来都不明白，她到底是喜欢还是厌恶他的手毛。她拉扯它们的样子，看起来像是想要拔掉它们。

我最早的记忆也跟毛发有关。那时我还很小，坐在一条窗帘后的地板上。有一扇窗户开着，窗帘飘动，阳光透过帘布闪烁着。然后窗帘被拉开，我的母亲站在那儿，她在哭。也有可能她是在笑，在我的记忆里两者没什么区别。她把我抱起来。她的头发里有厨房和周日早晨的味道。她的头发是金黄色的，很长，我有一种感觉，好像它们能遮住我的整个身体，好像我能消失在妈妈的头发里。

后来，我们搬进了商业街后面位于顶楼的一套公寓。公寓又窄又矮，但我能观察周围房顶上的鸽子。有时能看到红隼，而在黄昏的暮色中，蝙蝠在排排烟囱上方倏忽急转、飞来飞去，像一个个喝醉酒的小魅影。

我收集甲虫、苍蝇和其他虫子。我尽量活捉它们，然后把它们放进一个小金属罐里。如果把罐子贴到耳朵旁，能听着它们死去。它们死后会慢慢变干，最终变得像鹅卵石一样硬。

爸爸去银行上班，我去学校上学，妈妈每天早上早饭前会把我们的衣物搭在椅背上：爸爸的干净西装，我的衬衫和裤子。她做这些时嘴唇总是古怪地歪向一侧微笑着。她几乎在做任何事情时，脸上都挂着这个歪斜的微笑。我说不清楚这意味着什么，但是我认为她大概是为我们感到骄傲。

我长大一些了，有朋友，对女孩子感兴趣，学习对我来说不成任何问题。一切就像应该的那样。我自以为已经理解，人生是值得的。虽然我不知道自己的人生之路将引领我去往何方，但我坚信已找到正确的那一条。

然后发生了一件事。那是在夏末，我刚满十七岁。我们三个人正一起穿过校园——那片开阔的、没有一点荫影的水泥地面。开向街道的铸铁校门高耸在我们面前，有一幢独栋房子那么高，门身黑黢黢的，顶端有一个个金色的锥尖，在午后的烈日下闪闪发光。空中飞过一群太平鸟，在校园地面上投下飘忽不定的影子。有几个瞬间，鸟群像风中的一片薄纱一样上下起伏着，然后在教学楼后忽然下沉，消失不见了。那天天气特别热。历届学生留在水泥地面上的口香糖都晒软了，走在上面每一步都粘鞋底。

约翰内斯·施托姆站在街上，他是隔壁班的男生，个头不是很高，但肩膀宽壮，胸腔像只桶一样饱满结实。他有一颗孩童般的大大的脑袋和一头金色短发。他的两眼紧凑，在跟别人说话时，几乎不能直视对方的脸。除了上课，没人跟他有其他交往，但每个人都知道他跟他母亲住在一起。她是个粗壮的女人，在商业街刷洗门店前的人行道，也负责擦拭橱窗玻璃。

他站在那儿抽烟，眼睛盯着地面，好像能在那儿发现什么特别有趣的东西似的。我们站到他面前，我说，他得给我一支烟。他连头都没摇一下。一串细小的汗珠在他的鬓角处微微闪着光。他左手攥着香烟，右手插在裤兜里。我说，我不想找麻烦，只想要一支烟。他没有应声。这时街上丁零咣当地驶过一辆装着垃圾与废旧金属的卡车，司机的手悬在侧窗外，手指伴着我们听不到的音乐的节奏敲击着车皮。卡车转弯，咣当声也逐渐消散。教学楼里传来几个女生的喊叫声，一扇窗户“砰”一声关上，然后就是一片寂静。

“你不是想要一支烟吗，格尔德？”我朋友站在我身后半米远的地方。那时候我们被认为是密不可分的好兄弟。可没过几年我就连他们的相貌都不记得了。

我向施托姆走近一步，“你大概也不想找麻烦吧？”我说，“是不是？你想要找麻烦吗，施托姆？”

他没有应声。他只是站在那里，看着地面，嘴里往外吐着香烟的烟雾。然后他把烟头扔掉，抬高目光。他的视线略过我们投向正有几个小孩跑过的校园。我感到汗滴沿着我的颈背淌下。那感觉，好像炎热要挤进我的每一个毛孔，充满我的整个身体。我瞪着他的脸说：“我要吃了你！”

简直是疯了，可我当时真想这么做。我试图抓住他，把他拽到我身边，但我还没揪住他的领子，他的拳头就闪电般地从裤兜里抽出来，对着我的肚子就是一拳。我弯腰向前倾，就要摔倒时，他又一抬膝盖猛磕到我额头上，我踉跄着撞到校门的铁栏杆上，然后顺着栏杆慢慢瘫下去，倒在石子路面上。在上方高处，我看到校门金色的锥尖像风中的芦苇一样晃动。施托姆的脑袋出现在我的正上方。我很想赶快爬走，可我不知道能往哪里爬，于是我闭上眼睛，用双手护住脸。我感到贴在地面上的那只耳朵砰砰跳动着，越来越响，越来越响，有一刹那，我好像能透过路面的石子感受到大地的脉搏。

我上完了中学，总体来说我满足了各种期望。最后一次走出学校大门时，我没有转身回头看，而是把目光死死定在前方。我想要让自己相信，我还走在那条正确的道路上。

十九岁时，我离开保罗城去读大学。当公交车在一个和煦的清晨驶离保罗城时，我笑了，但那是一个黯淡无力的笑容；我已不再信任它了。

我想尽快完成学业，然后开始发展事业。我听讲座，报名参加研讨课，也尽量积极参与大学生活。大学校园的周围坐落着很多酒吧，我们每天都会在其中某一家聚会。聚会上各种交谈辩论，大多数时候都是关于政治的，因为酒精总会在其中起作用，谈话往往会变得慷慨激昂。我喝酒很节制。我心里总是有种莫名的惶恐，有时候，当太过吵闹，或有人因为斗劲儿上来而面容扭曲地跳起来时，我就感到冰冷的恐惧在我心里升起。“打住，”我会喊，“请大家打住！”但其他人都只会哄堂大笑，于是我便克制自己，仅仅沉默着坐在边上，有人看我时，我就尽力挤出个微笑。

大学第二年，我爱上了一个女孩。她非常美丽，至少我是这么认为的。她的皮肤有着花蜜般的色泽，纯净无瑕，没有任何斑点，什么都没有，比我那时看到过或摸到过的一切都更光滑柔软。我不在她身边时，便想她想得发疯。但是，当我有一天站在她公寓的门口，说起她皮肤的娇嫩时，她笑得那么响亮，虽然我早就在羞耻与愤怒中颤抖着站到了街上，仿佛还能听到楼梯间里她大笑的回音。

那感觉就像我本已裂痕累累的心彻底破碎了。我不再参加学生聚会，晚上独自待在房间里。好多个星期就这样过去了，日复一日，每天都过得一样，直到有人从门缝塞进一封装在浅黄色信封里的信。

爸爸死了。

你读了一些文字，但并不理解它们是什么意思。没有痛苦，没有悲伤，只是惊讶。身边的时间好像静止了，凝结成一种胶状物质，而你的思维就像秋季已变迟钝的苍蝇一样，围绕着这凝固的时间嗡嗡乱转。隔壁房间的广播里一直在播放同一首歌，一遍又一遍，一遍又一遍。

妈妈和我一起置办了葬礼。那不是道别，而是了结。站在墓旁，我们没有哭泣。银行寄来一点钱，我搬回了我的旧房间，在房间内的一个抽屉里，我找到了装着虫子的金属罐。我没有把它扔掉，但也没打开。我让一切保持原样，让自己回归童年时代的小小王国。

爸爸去世后，妈妈不再微笑。她脸上那抹歪斜的微笑好像就那样消散了。而随之湮灭的还有她的脸，以及后来她的整个人。我母亲几乎就这样不知不觉地消失了，直到她去世很多年后我才明白，我已是孑然一身。

我在莱恩萨姆保险公司找了份工作，和三位女士共用一间办公室。我们的任务是整理账单并核对结算。其中一位女士，索尼娅，坚信在我身上看到了些与众不同。于是有一天晚上我们约会了。我们喝了葡萄酒，那是一个错误，因为随后她想要去我家。我带她回了家，我们坐在沙发上。我向她讲了些即兴编造的东西，在她第一次触摸我时，我几乎没注意到。后来她把脸颊贴在我的脸上，我闻着她的气息，沉迷在酒精和她头发的芳香中，如果不是我出了点状况，可能一切都会变得不一样。她对我说不必在意，这样的事可能发生在任何人身上。说这些话时，她抚摸着我的头，就像在安抚一个小男孩。

这件事的几个星期后，索尼娅辞职了。她要大胆突破，她说，开始全新的生活。看着她收拾她的办公桌时，我隐约觉得，随着她一抡胳膊把办公桌上的东西扫进手提包里，我成为男人的可能也被带走了。

我很困惑，也感到屈辱、受伤。但同时我也感到一定程度上的解脱，或许本来索尼娅很快就会成为我模糊的记忆，如果不是三个星期后我在一个街角看到她和约翰内斯·施托姆紧紧拥抱在一起的话。

那天一早就开始下雨，是十一月里那种寒冷的毛毛细雨，整个城市笼罩在傍晚一片雾气氤氲的灰蒙蒙中，街灯和霓虹招牌的光在地面上积聚的小水洼内闪烁。我正在下班回家的路上，急匆匆地走在商业街上，秋天的落叶掠过街面，像是漂流在幽暗的河面上。这时，我看到了他们俩。他们站在索菲亚·布莱尔的烟草店的雨篷下。他双臂环抱着她，她的头依偎在他胸口。她闭着眼睛，他的头微微仰起，看着落雨。自从中学毕业后，我再也没见过他，他的双鬓已有些灰白，但那张长着紧凑双眼的面孔却好像几乎没有变老。他的手在她的背上慢慢向下滑。他的身体忽然一动，好像一阵寒战袭来。然后他把脸转向我这边，在这同一瞬间，我看到他的鼻翼一张。

这都是很久以前的事了。在我的记忆里，雨从此再也没停过，世界沉没了。现在，我躺在这儿，在我父母之间。这条路并不遥远。这里很安静，有些夜晚我能听到从远处传来的嚎叫。最初非常微弱，均匀而清亮的声音，像小孩子的哭泣一样，然后就开始快速加剧，越来越响亮，越来越急迫，直到几乎充满了整个夜晚。我静静地躺着，听着群狼的嚎叫，直到声音忽然中断。然后我明白：这只不过是风声而已，是穿过墓园围墙上破洞的风，那个脑袋大的洞，是老施威特尔堕落的儿子在喝醉啤酒时踹的。

索尼娅·迈尔斯

星期六放学后，我总会去拜访祖父。我们会坐在桌边下象棋。他不时忘记我的名字，或者想不起来他手里正拿着的棋子的名称。有时他会问，他妻子什么时候到家。奶奶早在二十年前就已经去世，但我不能告诉他。我说，她今天会晚一点回来。这能让他安心，我们就可以继续下棋了。五斗橱上放着一张奶奶的照片：一个年轻的女人，不特别漂亮，脸上没任何引人注目之处。她穿着一件浅色衬衫，脖子上戴着一条项链。她的微笑浅浅，没透露出任何信息，可爷爷认为，她是在取笑他。有一次，我把照片从相框中取出，想仔细看看。照片背面用铅笔写着几句话。

21 / 3 / Ⅲ.

我患病

死亡

作为女主角

我的悲剧

名为：

一切徒劳

爷爷也不知道这是怎么回事。我把照片重新放回相框，我们继续下棋。他考虑良久，然后说：我要把兵走到 C7。

霍贝尔格神父

战争结束时，我三岁；父亲在十一月的一天回到家时，我五岁。

他脸色灰白，肩上搭着一只皮袋子，站在门口，低头看着我。他穿着一件厚重的大衣，敞着怀，大衣下是一件满是破洞的羊毛衫。他抱起我，把我的脸紧贴在他胸前，我感到了毛线里的潮湿。母亲站在我身后的厨房里。收音机里传出的天气预报盖过了她断断续续的啜泣。

接下来的那个星期天我们去望弥撒。一手拉着父亲，一手拉着母亲，我第一次走进那高耸的房间。马赛克玻璃花窗后，教堂院子里的栗子树的树冠轻轻摇晃着，窗上的彩色圣人看起来像是有生命的。

一阵风随着我们穿过大门，将祈祷蜡烛的排排火苗吹成摇曳的波浪。母亲把手放在烛火上方，并命令我像她一样做。

我们在人们的祈愿中温暖我们的双手，她说。

一排排座位挤得满满的。人们穿着深色大衣，低垂着的头上戴着毛皮帽子，看起来像是一群笨重又疲惫的动物。不时能听到一阵悄声交谈，一声压低的咳嗽，或是木头的嘎吱一响。

呼吸的气息凝结成团团白雾。

管风琴奏响时，我很想跳起来，冲到外面去。管风琴声充满整个空间，直达十字拱顶，好像有炸破墙壁的力量。这时，我感觉到母亲的手按到我膝盖上，我只好待着不动。

唱《垂怜经》[①]时，我第一次感到小腹的压力，第一遍读经结束后，我已经快忍不住了。

我要尿尿，我说。

现在不行，父亲说。

我尽量忍着，蜷缩着身体，拳头按在大腿上，坐在父母硬邦邦的大衣之间，小声咕哝恳求着。读到福音时，我开始趴在自己的膝头悄悄哭泣，到“洁净圣殿”[②]时，我伸腰坐直。

我要尿尿，我说。

坐着别动，父亲说。

---

① 基督教用于礼仪的一首诗歌，是一般弥撒曲中的第一个乐章。

②《圣经·新约》的四福音书（《马太福音》《马可福音》《路加福音》《约翰福音》）中均有记载耶稣洁净圣殿之事。

这时，我摊开双臂，松懈下来，任其自流。“当人子在他荣耀里，同着众天使降临的时候，要坐在他荣耀的宝座上……”[1] 神父在前面宣读这句时，我尿湿了裤子，眼泪顺着脸颊流下。

这条裤子你穿到晚上。你让天父上帝蒙羞。

又是一个星期天，近十四年后，父亲死于肺病，自战后归乡以来，肺病就一直折磨着他。到最后时刻，一切很快，他不需要与任何人道别，还在中午前就被抬出了家门，干枯消瘦，像一束干柴一样。

没几个星期，母亲也追随父亲去了。在回家的路上，她忽然站住，胳膊上还挎着装得满满的购物篮，她把头向后仰起，有那么一会儿，好像在盯着无云天空中远远的一点，紧接着她踉踉跄跄地跌向一侧，倒在人行道的中间，死了。四颗大大的、红红的夏季苹果从篮子里滚落出来，滚到马路上，在阳光下闪耀了片刻，然后就接二连三地卷入下班车潮的轮下了。

现在只剩我一个人了。我对漫长余生的设想茫然不明，于是我开始寻找。我同遇见的人们交谈，但他们什么也没告诉我。我数小时数小时地站在父母的墓前，他们更是什么都

---

① 出自《马太福音》第 25 章，第 31 节。本书出现的《圣经》中文译文均来自和合本。

对我说不了。我坐在金月亮的吧台前，可烈酒和阴郁混乱的思绪只让我更难受。我坐上公交车，开往城外，远远地越过原野，直到终点站，再返回来。我的额头抵着车窗玻璃，看着一路的风景倏然消失在我呼出的雾气后面，但除此以外，就再没发生什么了。

有一天，我去了教堂。我坐到当年曾放任自流的地方。我回忆着坐在父母身体之间的安全感。追思着母亲的温暖。想念着父亲，他那么高大伟岸，但也不过只是芸芸众生中的一员。我还想起那被禁止但又无法抑制的内急，以及伴随着羞耻与快感的解脱。

从此我每天都去教堂，不知什么时候神父发现了我。我一直刻意独自一人待着，多数时候在正午时分去教堂，因为这段时间就连最衰老最孤单的人都不会哪怕误入教堂。因此，当神父忽然站到我身边时，我更为吃惊。他很矮小，身材在教士法衣长袍内显得女性化而柔弱，腰间系着黑色圣索。我感觉自己像做坏事被当场抓住似的，我仰望他的脸，泪水立时涌满双眼。

我曾提你的名召你，你是属我的。[1]

---

① 出自《圣经·旧约》的《以赛亚书》第43章，第1节。

虽然神父对我的好感为我铺平了道路，但我却不记得他的名字。我也不记得曾听过别人叫他的名字。有一次，他说只有政府机关对名字感兴趣，在上帝面前，我们都只叫作人。我喜欢这句话。我很爱戴他。在我们第一次见面后——他用拇指在我额头上写下那个词，我走出教堂阴影踏入明亮阳光时——我就已经下定决心，要追随仿效他，成为一名神父。我的寻找结束了。他找到了我。沉浸在突如其来的信念与快乐中，我不觉对马路另一侧坐在脚手架上的建筑工人们一笑。他们什么都没说，只是默默一口咬进他们的小圆面包。在他们的瓶子里，啤酒微微晃荡着。

神学院离家乡很远，我感到很陌生，别人也认为我古怪。我既没朋友也没敌人。他人与我无关。他们的向往与我的追求毫不相干。晚上他们踢足球或背诵赞美诗时，我就跪在自己的小房间里，对着墙久久祷告，直到我能在石灰墙面的裂纹中认出“三敬拜神奇圣母”[①]身上披的星星斗篷。

---

① 原文为拉丁语 Mater Ter Admirabilis，大意为“神奇美好的圣母三敬拜”。德国南部城市因戈尔施塔特的一任耶稣会神学院院长雅各布 · 雷姆（Jakob Rem，1546—1618）以其对圣母的敬拜及研究闻名，他主张对圣母像祷告时，呼唤三次 Mater Admirabilis（神奇美好的圣母），由此位于因戈尔施塔特的圣母画像在当时被称为 Mater Ter Admirabilis。

出于全然的感激，我用剃须刀刀片在胸口刻了三个十字架。我没告诉过任何人。

从神学院毕业后，我在异乡留了一段时间，但后来神父去世了。他推荐我做他的接班人，于是我返回故里，接任了家乡教区的神职。人们不信任我。他们交头接耳，在背后悄悄议论我。他们嘲笑我——这个瘦弱古怪的年轻人，星期天总是站在教堂门前，与每个人握手，问候迎接他们。但上帝拣选了我，我布道时，是他在借我的口说话。他的讯息不仅关乎喜悦与解救，还有爱的震撼、忍耐的艰辛、全身心奉献的牺牲。我常站在圣坛前，内心充满燃烧的激情，呼喊着：你们的痛苦将会过去，因为你们在上帝之中，上帝在你们之中！

那是我内心的一个想法。一个在我心里燃起的信念，驱着我度过白天，让我在一个又一个黑夜彻夜警醒不眠。我要给人们指出那条路。我要净化他们、坚定他们，我要他们追随我。我知道，我知道，我有力量做到！

那年夏天一直没下雨，房子都被原野里的尘土蒙成了灰色，一个清晨，我走在去教堂的路上，想要拜倒在圣坛前。整整一夜我都在保罗城里徘徊，与内心一再升腾起的怀疑和自己的一切努力终将枉然的感觉斗争着。我走在月光下安静的街道上，只听得见自己的脚步声，我对上帝说：我的父，帮帮我，让我面对黑暗时不绝望，请引领我的双脚，请坚定我的双手，请振奋我的精神，请驱走我内心的恐惧，请指引我，我的父，让我能够引导人们，引导他们走出无知的密林，走出虚妄谬误的荆棘，走到通往唯一之光的路上。

我就这样在夜晚游走，直到天色终于破晓，小城从黑暗中凸显出来。我看到最后几个黑影从金月亮里摇摇晃晃地走出来，四散而去。我看到花店女主人把从批发市场买来的一束束新鲜的芍药、康乃馨和风信子卸下车搬到店里。我还看到两个年老的妇人，她们坐在一张长椅上，低头看着在脚边啄食面包屑的鸽子。

在市政厅后面，一个瘦弱的小男孩努力保持平衡地走在人行道的边缘，身后还拖着一只狗。他一再暴力地拉拽绳子，狗发出阵阵哀鸣，徒劳地用爪子硬撑在地面上不想走。走啊，小男孩说，不然我揍你了！他清亮稚嫩的声音因为焦虑和恼火而发颤。小男孩还在把狗硬拖过路缘石时，狗发出一阵短促的、哽咽般的咳嗽声，然后平趴在地上，不再抵抗。我拦住小男孩。站住，我说。小男孩看着我。他很愤怒，但我看到了他愤怒背后的苦闷和畏惧。不要害怕，我说，在上帝面前万物平等，我们都是他的造物，我们在他的怀抱中合而为一。

小男孩后退一步。我看到他瞪大双眼，这时我心里升起了恐惧，灼人的、令人发狂的恐惧——他可能无法理解我，他可能会转身离开。

别动，我大喊一声命令道，声音尖锐。净化你的灵魂，在上帝——万能至上的主——面前忏悔你的罪过，祈求他的光照吧！

小男孩转过身去，但我一把抓住了他的肩膀。我浑身都在颤抖。我抬头仰望天空喊道：哦，主啊，请接受这个孩子！请把他拥入你怀中！请你以永恒的慈爱荫庇他！请拯救他，哦，上帝！

在我呼喊时，我听到狗的哀鸣和男孩的惊叫，像从很遥远的地方传来似的。他的身体猛地抽搐了一下。然后他挣脱开，逃走了。

我静静站了好一会儿，目光定在上方。四只鸽子相继碎步跳过市政厅的屋脊。电视天线突兀在天空中，像干枯的十字架，在晨曦中熠熠发光。

当我又垂下视线时，一切都变了。我终于明白了，并认识到了那骇人的真相。但我没有陷入绝望，相反，一种平静在我内心蔓延开来。我感到轻松而自由，差点就在大街上放声大笑。街道另一侧走过一对上了年纪的夫妻。他们挽着手臂，妻子兴高采烈地对丈夫说着什么。他们停下片刻，看了看我，然后就拐过街角消失了。

我走进教堂。教堂里冷清寂静。细微的灰尘在一束束昏暗光柱里纷飞。彩窗上的圣人们僵立着。一本打开的圣歌集落在两排座位之间的地板上。

请让我启唇加入你的欢呼。

放置祈祷蜡烛的桌架上，只有一支形单影只的摇曳烛火。我拿起这根蜡烛，托着它沿正中的通道向前走去。我没有在胸前画十字。我没有跪下。我没有听从那些声音。

那束光就在我的手中。

圣坛上——主已不再以此为家——铺着白色桌布。我把烛火靠近桌布的花边，桌布马上就点着了。一阵清凉的风穿过教堂，火苗蹿高了。耶稣受难像首先被点燃。耶稣在火中发出噼里啪啦的声音。当他从十字架上脱落、慢慢向前倾倒时，看起来好像在笑。祭坛燃烧起来。我捧着蜡烛，走到后面一堆圣歌集旁。这些书着得很快，好像它们之前浸泡在汽油里似的。我抓起几本，高高抛起，扔向教堂的空中。在它们坠落到教堂的一排排座位上之前，有那么一瞬间它们看起来像是燃着熊熊烈焰的火鸟一样扑打着翅膀。有一本书滑落到祈祷室的窗帘下。窗帘布饱满地鼓起，然后在一阵无声的爆炸中烧起来。长凳上的火焰烧得轰轰响，发出噼啪声。木头上的油漆裂开气泡，像灼烧着的花朵，缕缕浓烟从这些花朵中升腾而起。我内心宁静，因为现在我洞悉了一切。窗玻璃在我头顶上方炸裂开来，众圣人飞溅成彩色碎片雨。风穿过窗洞涌入，把火扇得更旺。布道坛燃烧起来，火光在圣水盆里颤动，上方高处——屋顶下的黑暗里，火花飞旋如繁星起舞。

纳维德·阿巴克里

我的墓碑上写着：**真主至大，我们都是他的孩子**。我不禁要问，到底是谁把这句话刻上来的？我是我母亲阿雅莎·阿巴克里和我父亲阿布·纳维德·穆罕默德·阿巴克里的儿子。我不知道真主是否参与了我的创造。我从不认识他。

跟随父母长途跋涉来到这里时，我十九岁。那是冬天，天气很冷。第一次看到路上的雪时，我以为发生了什么灾难。父亲绞拧着双手。我们要在这片寒冰荒漠上建立一个天堂乐园[1]，他说。

他在商业街上开了家店——阿布叔叔的蔬菜与异域水果。在地下室里，他每天把他的小地毯摊开五次，在土豆和

① 伊斯兰教中的"天堂乐园"与基督教的"伊甸园"相似，在《古兰经》中，这是一座下临诸河的花园，与真主召唤信道者去到的天堂是相同的所在。

芜菁甘蓝之间向着麦加的方向祷告。一天，被叫来修理破裂水管的土耳其管道工向他指明，他弄错了方向，多年来一直在用屁股而不是脸朝向克尔白[①]礼拜。父亲听到这些，对他表示感谢，并往他手里塞了双倍小费。

不过也没那么糟，他说，毕竟麦加无处不在。

管道工点点头。

几颗卷心菜在齐膝高的积水上漂过。

最初，我只是挑拣李子，擦拭香瓜，或者刷洗人行道上被踩成烂糊的水果残渣。后来，我有了一条属于自己的围裙，也被允许招待顾客了。我喜欢这些瓜果蔬菜的香味与色彩。我喜欢听核桃在袋子里啪嗒啪嗒的碰撞声，当没人注意我时，我喜欢把手深深插进装满扁豆的篮子，或者抓起一把杏仁或开心果，再让它们从我的指间纷纷落下。我和母亲一起将水蜜桃和油桃排成颇有艺术感的金字塔，和父亲一起驾车去农田里跟农民讨价还价。

那些年的生意很顺利，我们拥有我们所需要的一切。我说不上来我的父母是否幸福，但我常能看到他们微笑。他们

① 意为“立方体房屋”，专指“真主的房屋”，位于伊斯兰教圣城麦加的圣寺（也称为“禁寺”）中央，为全世界穆斯林做礼拜时的正向。中国穆斯林称“天房”。

没能活到很老，但他们是在安详中离开的。

父母去世后，我接手了蔬果店。我把店面房间刷白，在窗框上挂了一串彩色小灯，购置了新围裙。我用赭黄色油漆涂盖了“阿布叔叔的蔬菜与异域水果”几个字，在门口上方钉了一块大大的木牌子：纳维德·阿巴克里蔬果——来自世界各地的新鲜供应。

为了庆祝店面重新开张，我举办了一场活动，放了一整天的音乐，全天都有甜甜的水果干。来了很多人，远多于我的想象。在最后几个人直到深夜才离开后，我把卷帘嗒嗒落下时，我心里知道，一切都会很好的。我在黑暗中坐下，摊开手掌放在膝盖上。我突然有一个奇怪的想法，想感谢真主。我念出那些曾经从父亲嘴里听到过那么多次的祷告词。但当它们从我口中涌出时，我思考了它们的意义，而我想得越多，就越觉得它们没有意义。它们就像地下室里堆积的水果箱一样空空如也，脆弱不堪。

我站起来，再一次走到门外。夜晚很温暖，有着雨水的气息。街角的一盏路灯亮起来，飞蛾在灯光里扑扑振翅飞舞着。

我很会做生意。我了解对此所能了解的一切，而且随着时间推移，我也学会了如何把握顾客。通过观察人们怎样挑选水果蔬菜，可以了解到他们的很多。当他们用指尖轻抚桃子，好像那是爱人的肌肤时，我观察他们。我看着他们朝那些箱子弯下腰去，嗅闻柠檬和坚果。以及他们怎样用报纸把生菜包起来，温柔慈爱得像是在把婴儿裹进睡眠包巾中。我倾听他们讲述自己的烦恼，讲丈夫、妻子和孩子，讲他们遇到的倒霉事或身体的病痛。而且，当他们出于某些原因而激动起来，当他们大喊大叫、手臂挥舞、指指点点，好像只有他们才明白世上万物如何运转时，我也不会充耳不闻。

有时霍贝尔格神父会来店里。他对着阳光观察西红柿，用手掂量杏子的分量，最终还是会开始谈论上帝。我对他说，我不过是个蔬菜贩子，对这些完全不懂。但神父非常固执。他向我提出各种问题，而我对它们根本没有答案。他的声音激昂而殷切，躁动不安的双手不断拍打在我的木质托盘上，让我很恼火。滔滔不绝的话一段又一段地从他嘴里迸出，然后我愤怒了，也开始大声回击。我不能理解，为什么上帝是事实与真理，而他所创造的世界与万物却这样不完美。还有索多玛和蛾摩拉[①]两个城市的毁灭，连女人和孩子都不曾幸

① 索多玛和蛾摩拉的毁灭记录于《圣经·旧约》的《创世纪》第 19 章。这两座城市是《圣经》当中有名的“罪恶之城”。《圣经》记载，索多玛和蛾摩拉罪恶深重，声闻于耶和华，耶和华毁灭了这两座城。《古兰经》中也有类似记载。

免，我也看不出有任何意义。但神父不为所动。上帝的仁慈是无限的，他喊道。但我已经听不进他的话了，我想他也已经完全听不进我在说什么了，所以我们只是各自对着虚空大喊大叫，直到我们两个都筋疲力尽，像是从一阵恍惚中醒来似的面对面站着。

愿仁慈也驻进你的心里，神父说，接着递给我两捆小葱。

我在蔬果店里站了四十年。我热爱我的工作，生病从来没有长于一天。随着这么多年过去，在磅秤后我站的地方，我的重量在地板上压出了一道浅凹，一个小沟，我站在里面时感到心安。我一生都没有结婚，也从未渴望过孩子。我很少感到寂寞，也没什么大的愿望，也足够理智，不必非得实现梦想。教堂重建时我捐了钱，也赞助了圣诞节前的济贫餐。自从玛格丽特·利希特莱恩的儿子遭遇不幸后，我每天都送给这个可怜的妇人一颗橙子。我把我的问题指向了人，而不是神。我倾听了你们，我注视了你们的眼睛。你们抹脏我的商店外墙、砸烂窗玻璃时，我原谅了你们。你们嘲弄我是“赶骆驼的人”时，我只是笑笑，还在门上贴了一张骆驼商队的图片。每当我想笑的时候，我就笑。在那么多天里，我把我的悲伤留在了地下室。我尊敬我的父母，我感激他们。我向来如实纳税，每晚都把人行道刷洗干净。我什么都没带走，也什么都没留下。我只有此生这一生。

在我离世的七年前，我把父母的骨灰带回了家乡。当年他们下葬前，我都悄悄地从他们的骨灰盒中取出了一小把骨灰，装在小麻布袋子里，以便伪装成调料粉日后偷运出国。我在机场乘了一辆公交车。司机看着后视镜对我笑笑。

你是本地人吗？他问。

我不知道，我说。

马莎阿拉[①]，我的朋友。

马莎阿拉。

我在村子的广场下了车。光亮刺得我眼睛疼。公交车站的小候车厅——我小时候曾在它后面玩石头弹珠——已经消失了。一切都变了。只有那棵高大的柏树还屹立于此。我的父亲常提起这棵树，它非常古老，甚至于先知们出发游历世界之前，都曾在它的树荫下休憩过。它的根伸展得那么深，地核的炽热都把树根最下面的尖儿烤焦了。这也是为什么有些夜晚可以看到它的球果在月光下发着灼红的光。

① 意为“真主的意志”。穆斯林用这句话表明，他们相信，发生在人们身上的一切好事都是由于真主的恩典。

我沿着村子里的街道走着，吸闻着古旧墙壁的气味。捂在衬衫和深色裤子里的我很热。汗水沿着我的脸直往下流。只有很少的人在街上走动。几个孩子。一小群老妇人，全蒙在黑色里。

几个男人坐在一家咖啡店前喝茶，我还记得那家咖啡店雕饰着花纹的入口。我都忘了在一个男人的手中茶杯看起来是这么微小。我继续走着。不时能认出一两栋房子，一段破洞累累的墙壁，男士理发店，金合欢树广场，为从未挖成的水井准备的水泥管，现在已经破裂了。

在三寡妇街我沿着路左边走。这里我已经什么都认不出了。路面上新铺置了柏油，只是柏油在炎热中爆开了，形成一个个四周向上隆起的黑色开放伤口。父母的房子不见了，布满石块的空地上停着三辆汽车。停车场的后边界是一堵低矮的、半倒塌的墙。我认不出那是我家花园的围墙，还是卧室某面墙的残垣。我坐到一块墙砖上。太阳高悬在空中，一切都沉浸在它明晃晃的白色光亮中。我不清楚我原本是想做什么来了。我想，我本打算把父母的骨灰撒在他们花园的草地上。我原以为，房子里现在肯定住着别人，所以我的动作必须得迅捷,手在风中疾速一摆。但是根本没有风,没有花园，没有房子。只有一座停车场和炎热。

很难说清我在那儿坐了多久。在某一刻，我站了起来，从衬衫口袋里取出那两个小袋子，把骨灰撒在碎石地面上。骨灰没留下任何痕迹，就好像就那样在滚热的地面上消融了似的。我想，我当时应该是哭了，但我已不再确定。我什么都没说，因为我准备好的那些话，在此时此处已没有任何意义了。后来一个男人走了过来。他向我点点头，钻进一辆汽车，然后开走了。我站在那儿，听着马达的隆隆声，直到声音逐渐消失。我的额头发烫，耳朵里轰鸣着。我渴望荫凉和宁静。我想，我渴望回家。

我又坐到了飞机上，看着脚下远远的沙漠，然后是大海，一片无穷宽广的、贯穿了道道波痕沟壑的闪耀光亮。我们飞进夜晚，虽然发动机轰轰隆隆，但我感受到了包围着我们的静谧与祥和。我感觉疲惫而平静，好像我独自一人在高空中漫游，悠然走向黑夜似的。我把头向后靠，闭上眼睛。我想着明天。想着早晨清凉的空气。想着水果在店铺的黑暗中散发出的香气，还有卷帘的嘎嘎声。我想订一些尖菜椒，还有黄李子。我想把父亲的旧地毯展开，清理掉装甜菜根的麻袋洒落在上面的污秽，我曾因为潮湿和霉菌那么频繁地抖动那些麻袋。

当您站在火焰中，当滚烫的灰烬燃进您的皮肤时，您看到上帝了吗，霍贝尔格神父？

赫尔姆·莱迪克

你能听到我吗？你听得到我吗？

轮到我时，你十五岁。你现在多大了？我们这儿不存在时间。但是，让我们假设，你还有很长一段时间。我必须这样假设，不然我现在想对你说的话就将毫无意义。有几件事我一定要说出来。我真希望我活着的时候就对你说了这些话。我也希望有人跟我说过这些话。那样也许有些事我会有不一样的做法。但也很有可能不会。

我不是个聪明人，这不是什么秘密。你母亲知道。我自己也知道。我有些见识，但那不算什么。如果你没有那个头脑将事情想清楚并得出有用的结论，或者当你不再有力气从沙发椅里抬起屁股时，再多经验都不能带来什么。只有极少数老人是智慧的，大多数人只是老了而已。我无疑是大多数中的一个。

如果我懂得（我说的不是知道，而是真的理解），一切那么快就会过去，那么我会避免一些事情。但对我来说都过去了，所以现在我幻想，或许我至少能帮你避免些什么。你拥有的条件不是最好的，对此我大概并不完全无辜。但事已至此，无可改变。你还活着，至少。人不可奢求更多了。我注意到，我开始唠叨了。所以现在我就直接对你讲几点。你要怎么办，是你的事。

一、不要费劲去寻找真命天女。她不存在。你刚认为找到了那个对的人，她就会证明自己是错的那一个。但无论如何，你可以试着在那个错的人身上寻找尽可能多的“对”，好让与她相处变得有乐趣。但也就这样而已了。

二、大概上帝并不存在。

三、如果出于不知道什么原因上帝确实存在（虽然对此的佐证真的不多），那也许也有找到真命天女的可能。

四、那个对的女人是一个有勇气的女人。她是一个还没转过街角，你就能听到石子在她脚下咯吱作响的女人。一个能用一颗苹果哄下屋檐水槽上的鸽子的女人。她是一个穿着黄色半身裙、有着恰如其分的理智的女人，笑声过于响亮，指甲染成大红色，但脚趾保留纯天然。她的手提包里装着一把刀，一个撒盐瓶，还有一个小巧的铜制掀盖烟灰盒——她需要这个烟灰盒，因为她是一个抽无过滤嘴香烟的女人。她是一个有原则的女人，但在需要时也可以把它们抛掉。她是一个用拳头锤打方向盘，直到指甲油都破裂的女人。一个不让你看透她的女人，一个不会感到羞耻的女人。一个会在电影院里大哭，但是从来、从来、从来不在意自己身材的女人。一个喜欢吃不去皮的土豆，并在内心里暗自相信圣母的女人。一个会为你的事操心，但更愿意只管自己的事的女人。那个对的女人，是一个知道爱是什么的女人，是一个如果有一天她忘了爱是什么就会痛快麻利结束的女人。

五、这不过是些想法而已。忘了吧。

六、还有，关于喝酒，别人跟你说的不用太当真。喝酒可以是一种享受。能让你突破自我。在你需要时，也能让你平静。酒精不是魔鬼。魔鬼是那只夏夜在你房间里嗡嗡乱飞，让你睡不着觉的肥苍蝇。酒精不过是一种化合物，掌控它也不是不可能。但当你坐在吧台旁，感到墙饰面板开始移动，吧凳下许多小动物倏忽而过，那就再来一杯。这时再多喝一杯也无妨了。

七、我们的房子还在吗？你得粉刷一下房子。我最后一次粉刷房子时，你还不到两岁。那是夏天，天气炎热，我从屋顶倒着滑下来时，屁股火辣辣的。你在花园里，我能看到你把一朵朵玫瑰花从枝杆上掐头摘下来。我问自己，在这大热天，空气里充满刷木头的油漆和青草的气味，你为什么一个人在那儿。不论如何，如果你不想房子腐烂，那你就得粉刷一下。但一定记着，要先把木头打磨抛光。你需要 80 目[①]的砂纸，至少。然后上底漆。亚麻油也很好。然后就可以开始粉刷了。刷两到三次。不要听别人的用滚筒。刷子更好。

八、到地下室去。角落里有个放花园工具的窄柜子。把柜子推到一边，掀开下面的花岗石石板。凹槽里有一个金属小匣子。在匣子里能找到的一切都归你。包括那些照片。

① 目，表示磨料粗细的单位，指 1 平方英寸的面积上筛网的孔数。目数越大，磨料越细。

九、可能会发生战争。世界上总是有某个地方正在发生战争，那这里为什么不会呢。在某个地方总有那么一个疯子坐在一个按钮前摆弄着。而人们总是需要一段时间才能认清那个人是疯子。我说的疯，不是像霍贝尔格神父那样的，也不是像有时下班后坐在草丛中跟小鸟讲话的里夏德·雷克尼耶尔那样的。我现在说的是真正的疯狂。一个打着领带、穿着锃亮的皮鞋的疯子。一个晚上在浴室里对着镜子点头，笑得停不下来的疯子，因为他知道他又赢了，因为他根本不可能输，因为他没什么可输掉的。那是一个这样的疯子：他的手指又瘦又短，弱小到不能伤害其他任何一个男人，但对于按动按钮来说，又刚好足够大了。也许有人能认出他是个疯子，但往往为时已晚。所以，可能会发生战争。现在，听着：随便怎样，无论他们是对你柔声蜜语还是在你耳边疾呼怒吼，无论他们用什么诱惑你或威胁你，记住——那不是你的战争。你生到这个世界上，不是为了最后开膛破肚地倒在烂泥里。那不是你的战争。

十、当你早上坐在窗边，看着外面的汽车沿着高速公路的连接通道行驶时，你应该想想，你的生活多么美好。你又安稳度过了一晚，知道这一天在前面等待你的大概有什么。虽然并不太多，但这正是妙处所在。你光着的脚丫架在窗台上，感受着微风从脚趾间掠过。窗框里悬着一片塑料布，它迎风摆动着，好像有生命似的。你看着自己的脚趾，看它们怎样蜷起又展开，而冬天还远着呢。

十一、不要相信医生。

十二、想想那些已经死去的人，原谅他们。

十三、要找些朋友。朋友到处都可以找到。在路上。在下一个街角。在加油站，当你试着打开内胎的气门芯时。总之，到处。我想秘诀在于：你必须感兴趣。我一生里最好的朋友是我的父亲。这怎么可能呢？他比我大三十一岁。

十四、去你母亲身边，把手放在她的脸颊上。这样待上一会儿。我从来没这样做过，这是一个错误。

十五、要说：我爱你！我知道，在你耳朵里，这听起来又蠢又虚假。但在他们的耳朵里并非如此。我从来没说过。

我也不知道为什么。我说不出。他们乞求过我。他们期待过，他们要求过，屡次三番，一遍又一遍，但我就是说不出。他们自己常常说：我爱你！他们也希望听到我这么说。我认为爱又不是交易，所以从没有说过。一次都没有。相当肯定，这是所有错误中最大的一个。

莱尼·马丁

并不是因为我笨，不会学习。我就是不想学习。“莱尼·马丁，你没有意志力。你没有动力。你比保罗城最潮湿的地窖里最懒的土豆还懒。”我的老师说。我从来都不把她的看法当回事，但在这件事上，她是对的。我退了学，开始尝试工作。我洗刷科别尔斯基的汽车店前的水泥地面，爬过田地，把土豆从泥土里拽出来。有时候我帮阿拉伯人摆弄他的水果蔬菜。我们把纸箱子堆起来，把苹果和香瓜用软布擦干净，直到它们像小酒馆里的水果老虎机上显示的水果一样闪闪发光。我从来都坚持不了几个星期。那时我坚定地认为，我没有耐性，但其实耐性可以说是我一生中唯一拥有的东西。

那时我住在临教堂后面的一间地下室里。我没打算在那儿长住，所以我把东西都放在一个木箱子里，以便一有机会就可以不费太大力气地搬到好一点的房子里。地下室的房间又小又潮。潮气能钻进我的四肢，有时早上我觉得身体僵硬到几乎不能从床上爬起来。我常常蜷缩起膝盖，盖在被子下面一躺就几个小时，等待着，我也不知道在等什么。

我手里一有钱，晚上就会去金月亮，坐到被烟头烫得斑斑点点的吧台旁边。看一眼吧台后面的镜子，能看到一排阴沉沮丧的脸回望着你。那儿永远坐着三四个男人，打着牌，或者听着投币点唱机里的歌曲。大家说话并不多，我想，这对所有人都正合适。

我记得一个冬天的晚上。我在科别尔斯基的停车场铲凿了一整天的冰，冰层足足几厘米厚，我累得像条狗一样蹲坐在吧台前。我身边坐着一个男人，我看他只是面熟。我们透过窗户，呆呆地望着外面的街道，雪花在一盏路灯的灯光里飞旋着。他突然开始谈起他的生活。他说，他肯定也遇到过机会，但他缺乏勇气。“一次没留意，一切就已经过去了。”他一直重复着这句话。说这话时，他没有表现出痛苦，脸上和声音里都没有什么能让人察觉到他的情绪的东西。或许正是这一点让我不安。我忽然不知道自己为什么坐在这儿，不知道在这个世界上我到底想要什么。一股怒气在我心里升起，那是一种之前我从未有过的愤怒，对这个男人，对我自己，对整个的人生。也可能我只是喝多了。总之，我打断他说：

“我现在就砸破我的脑袋。”

“什么？”他说。

“我就要这么做。”

“最好别……”他说，但已经太晚了。我把额头对着吧台潮湿的木头砸下去。我感觉不到疼痛，但当我抬起头时，在镜子里看到了脸上的血。

“没事。”我说。

在那之后的一年，情况发生了变化。那是夏天，天气酷热。随着日落人才能喘过气来，才又敢到室外去。市郊有活动，汽车店十五周年店庆，科别尔斯基邀请了一些顾客、员工以及前员工来庆祝。销售大厅里灯火通明，大家都站在大厅入口外的顶篷下，手里端着纸杯与纸盘。那天是星期五，大多数人刚拿到工资，在他们的脸上闪耀着对夜晚的贪婪。

我背倚着窗玻璃站着，望着销售厅前的停车场，地面的摊摊积油里倒映出一串串从屋顶挂到入口的彩色小灯泡。这时，她忽然站到了我身边。“晚上好，”她说，“我是露易丝。”

我觉得这个名字对一个小镇姑娘来说太过雅致了，我也这么告诉了她。她笑了，问停车场上有什么好看的。没什么，我说，只有这些小灯泡。至少还有灯泡，她说，比什么都没有强。这倒是，我说，而且还五颜六色的很花哨呢。我们都笑了，一起喝了几杯酒，一切都感觉那么好，就好像我们从来没做过别的事情。有一次她抬起手把我的一缕头发顺到耳后。她的举动是不经意的，但当我在鬓角感受到她的手指时，我惊得身体猛然一抖，那时我清楚地意识到，已经多久没人触摸过我了。

快半夜时，科别尔斯基站到一辆标致 504 皮卡的后货箱上，发表了一小段演讲。他多喝了几杯，说的话里没几句是有意义的，但他却被自己的话感动得热泪盈眶。然后他燃放了一场小型烟花秀，簇簇烟花冲上天空时，露易丝和我拥抱到了一起，这时那一摊摊积油看起来也像是爆炸开来了似的。好像停车场和它四周的一切都化为了缤纷的火焰。

后来，我一个人躺在我的地下室时，鬓角上依然能感觉到她的手指。我想着她，那种感觉那么美好，可同时我又寂寞得想把四周的墙壁砸烂。

我们又见了面。我们一起走过大街小巷，坐在勒姆库尔小餐馆里，或者在公园的栗子树下接吻。几个星期后，她把我带到了她的小公寓，她和她的外婆一起住在那儿。我想，那时无论我走到哪里，一整天脸上都笑嘻嘻的。我的时间是和一个我可能再也不想离开的女孩一起度过的，这感觉很好。

科别尔斯基汽车店庆祝夜的三个月后，我把装着我所有东西的木箱搬进了露易丝的公寓。她的外婆，一位沉默的、整天坐在窗台边的老人，很讨厌我。她有一种盯着我的同时又对我视而不见的天赋。不过这对我来说无所谓。我是和她的外孙女在一起，跟她没什么关系。

露易丝并不一定是人们通常认为的美女。她相当瘦，黑头发，巨大的眼睛很明显地从眼窝里突出，但她的额头很高，很光滑，有时候好像有影子似的东西在上面掠过。我一直特别喜欢看她。她的脸。她的双手。她的一举一动。有一次我们躺在床上，我对她说："你能不能为我来回走几步？"

"你想要干什么？"她问。

"就是在屋子里走几步？"

她站起来，在我面前走来走去。我注视着她，过了一会儿，我们都不由得笑起来，她扑到我身上，我把脸埋进她的身体里，吸嗅着她的香气。

我也很喜欢她的声音。她的音色很独特，当她思考问题时，声音就变得有一些沙哑、生硬。露易丝常常讲起她在黑山羊旅店的工作。她在那儿打扫房间、煮咖啡、熨洗被香烟烟雾熏黄的钩编杯碗垫。她常常能从住客那里听到一些秘密，也经历了最稀奇古怪的事情。但是，其实我只是想听她的声音，想看她说话时嘴唇的翻动。

有时我们会一起坐在沙发上，看电视里播放的电影。每次她都会睡着。她的头倚在我肩膀上，而我就能一直看着她的脸，想看多久就看多久。

对我来说，生活可以一直这样下去。但后来外婆去世了。一天早上，我们在窗台前的地板上发现了她。她的一只胳膊怪异地扭曲着，被上半身压着，眼睛没有合上，头靠在椅子腿边。我们走进房间时，她看起来好像正迎面望着我们。

我不知道该怎么面对露易丝的悲痛。在她身边时，我觉得自己没用。我想要为她做些什么，但当我在几天后开始整理房间时，她拦住了我。

“你干什么？”她问。

“我把这堆东西拿出去。”

“别动它们！”

她站在我面前，双手叉着腰，盯着我的眼睛。我从来没见过她这样，第一次，从我们认识以来，我觉得她很陌生。

“行，”我说，“别生气。”

“我没生气。还有，我希望你去找份工作。外婆的退休金现在没了。我在黑山羊挣的钱不够。”

“好。”

"向我保证。"

我在市政厅找到一份差事，确切地说，是在园林与绿化管理局，在那儿我和里夏德·雷克尼耶尔一起工作。我们开着一辆破旧的小卡车，在保罗城内穿梭，修剪树木，为花坛除草，把铺路石缝隙之间的杂草拔掉。我与雷克尼耶尔只是点头之交，我们之前在路上遇到过几次，我还在金月亮里看到过他两三次。我还记得，一天早上他在城市公园里放下手中的钉耙，脱下裤子，蹲到了一棵开花的金柳树下。"人从尘土而来，"他严肃地看着我说，"人再转化为尘土。"我认为他有点疯癫。

一开始很辛苦。浑身上下到处都疼。疼痛从背部开始，沿着臀部发散进膝盖，向上穿过肩膀和胳膊一直到指尖。手上起的水泡磨破了，污秽好像钻进了每一个毛孔。后来好一些，我习惯了这种苦差事，在春天或晚夏的某些时日，我甚至感到喜爱这份工作。

有一天晚上，雷克尼耶尔坚持要请我喝杯啤酒。我已经很久没去过金月亮了，当我们穿着脏兮兮的工装踏进酒吧时，我很好奇无所事事地坐在那儿的是否还是原来那些男人，还是至少其中几个已经戒掉了。他们全部都还在，至少看起来他们跟以前那些男人是一样的，窝在自己的座位上，呆愣愣地盯着自己的酒杯。

但是有什么不一样了。是光亮。一种闪耀的光充满了整个房间，它移动着，有节奏地跳动着，在某个弯下去的脊背上、在某个被煤炭熏黑的额头上倏忽掠过，红的黄的绿的光，在半空的啤酒杯里颤抖着。这些光来自吧台和墙壁之间的一台机器。它有一人高，大概一米宽，正面满是闪耀炫目的小灯。当时我还不知道，那不过是一台名叫“幸运游戏”的旧式老虎机，最早装有屏幕、没有手动操纵杆的一款机型，图像分为四列，中间有一颗悬在彩虹间的太阳。

我们坐到吧台旁，点了啤酒。我们都很累，没什么话说。斑斑点点的灯光在我的啤酒中闪烁着，像一小群彩色鱼在杯子里翻滚舞动。

我走过去。老虎机发出咕咕的声音。我把手放在机身侧面。机身的木制外壳是温暖的，在我的手指下轻轻震动。有一个瞬间，我看到屏幕上映出的我的脸，缥缈而苍白，像是淹没在水下似的。我把几枚硬币塞进投币口的缝隙里，按下按钮。卷轴立马就开始转动，那些图像符号也都开始快速旋转，然后它们随着一阵柔和的声音逐渐停下，一个接一个：西瓜，数字 7，小铃铛，硬币。

我又一次按下了按钮。一次又一次。我拿来一把吧台高脚凳和更多的硬币。光线，声音，还有屏幕的闪烁让我紧张又兴奋。我抖动着双腿,把口袋里的硬币摇晃得叮当乱响。“快点,”我对眼前的卷轴说，“倒是快点啊！”然后我赢了我下注金额的九倍。老虎机疯狂地运转着，一切都闪烁着耀眼的光，还响起了一阵刺耳的号角乐声。我大笑起来，心脏狂跳，我感觉我凳子下的木地板好像都在晃动，当我又按下开启下一轮的按钮时，我的手在发抖。

后来，雷克尼耶尔出现在我身边。“该走了。”他说。

“我再待会儿。”我说。

雷克尼耶尔深深地喘了口气。“你听我说,”他费力地说，好像嘴里含了一团黏稠的东西似的。“你听我说。”但他没再说什么，在我默不作声，又一次按下现在已让我感到温暖而熟悉的按钮时，他转身走了。

一开始我就连续赢钱，那感觉非常棒。我下班后就直奔金月亮，几乎每天晚上都能带着战利品回家。我自己也不明白是怎么回事，在我的生命里，第一次我感觉自己好像找到了什么。这听起来可能很奇怪，但是，只要我一站在“幸运游戏”前，我就感觉很对。

我想，这种感觉就像爱。

我赢的都是小钱，但是我赢了那么多次，某一天竟足够让我给露易丝买一条光滑的红色宝石项链了。我不知道那是什么宝石，但它们看起来像是自内而外发着光似的。我把项链戴到她脖子上，她注视着我，目光正正击中我的内心。在那天晚上，我坚信我们再也不会遇到任何问题了。

但很快“幸运游戏”就开始让我觉得无聊了。我想试试新东西，而且我赢的钱也越来越少。我听说城外的农田里新建了一座休闲娱乐中心，那里有一间赌场，有各种赌博游戏机。于是我乘公交车去了那里。

娱乐中心像一个由玻璃和水泥构成的超大规模的箱子，我并不打算久留。但当我找到地下一层的赌场并走进门廊时，我感到很震惊。这里面的一切都让我眼花缭乱：雷电般的闪亮，闪烁的光芒，瑰丽的灯光，低沉的嗡隆，尖锐的哔滴，欢呼与尖叫，各种光、声、音与乐组成的不可思议的混杂。站在被烟头烫破了很多洞的地毯上，我感觉自己就像跟露易丝一起看过的一部电影中的火箭驾驶员：在宇宙无边的荒寂中，感到迷失，同时又是安全的。

我几乎每天晚上都来。有时候，我擅自开出小卡车，工装都不换就过来。我完全被攫住了。白天，我还站在绿色植物之间工作时，就已经开始想游戏机了，想“六枚炸弹”“疯狂现金”或“七号钻石”。我拿着钉耙清除野草时，虞美人花便开始在我眼前闪烁，就像大型游戏机“幸运房间”上的灯光一样。

然后我开始输钱。最初输的钱不值一提，但是很快就越来越多。我本应知道自己该怎么做。但我把这事看得太重，我把输钱当作自己的失败，我开始跟游戏机说话。我迫切地敦促它，诚挚地恳请它，哀哀地乞求它，后来我命令它，对它大喊大叫，甚至咆哮。我提高赌注，输。我仔细计算、系统分析，输。我大胆冒进地玩，还是输。我眼看着自己的赢输率跌落为负数，开始还比较慢，后来越来越快。还是会有比较好的日子，但那只让一切更加糟糕，因为这又让我重新燃起自己会赢的信心。我持续玩，持续输。我输的钱远远超出我的想象。

肯定还会好转的。我知道，我还会再赢的。我只是偏离了那条路，现在我只需要有一点耐心，然后我一定又会找到它的。我开始欠债。我向遇到的每一个人借钱。我会还的，我对人们说，只要给我一点时间，我肯定会全部都还给你们！

当人们不再相信我以后，我就开始偷。只要一有机会，我就顺走几枚硬币或几张纸钞。有一天晚上，我从地下室的窗户爬进市政厅，用修理灌木的斧子劈开了那里的钱箱。

一直到我试图卖掉小卡车时，他们才抓住我。我报告说车被偷了，然后把它藏在高速公路连接通道旁边的旧温室后面，用雨布盖了起来。我想通过在赌场认识的一个人倒卖。可那个人只是吹牛皮而已，雨布被风吹走了，整件事就败露了。

市政厅放弃了对我的起诉，我想，是雷克尼耶尔为我说了几句好话。但他们把我开除了。我把工装挂进储物柜后，雷克尼耶尔和我握了握手。“保重。我看，明天会下雨。”他说着挠了挠头。

这件事很快就传开了。科别尔斯基连刷洗店前人行道的工作都不允许我做了。于是我又回到农田里卖命，码放蔬菜箱。像以前一样，我又去了金月亮。“幸运游戏”还在角落里，我感觉它看起来寒酸小气，布满划痕，已经磨损得很破旧。但是它依然叮当叫着、滴滴响着、欢快地闪烁着，就好像一位老朋友在等着我。

我不知道我具体是什么时候失去了露易丝。我猜，大概是在我还以为一切会永远就这样继续下去时，我们之间就已经结束了。但也可能，我连这些都没想过。早上我常常装睡。我迫不及待地盼她离开家，这样我就清静了。之后，站在游戏机前时，我几乎想不到她。有些瞬间，她的脸好像浮现在屏幕上，那些时候我才明白，我还依然爱着她。但只要卷轴开始转动，她的面容就不见了。

大多数时候，我回到家时她已经躺下了，那我就会很高兴。但有时她还坐在沙发上，看电视里播放的午夜电影。这时我就会坐到她身边，用胳膊搂着她，心里暗想：请不要说什么！现在千万什么都不要说，让我们就坐在这儿把电影看完，求求你了！

但每次她都会开始说话。她说如果我认为她是一个爱管别人闲事的女人，那就错了。“不要以为，我想给你立规矩，”她说，“我不想改变你。我只是想了解你。既然我已经跟你生活在一起，那我至少应该知道，你是谁，你他妈的到底在想什么！”

在这些时刻，她都会特别愤怒。她高声说着话，在屋里来回走动，挥动着胳膊，有时忽然转变方向，停下站住，盯着我的脸，然后又开始走动。在电视机的光线下，她看起来好像正在跳一支疯狂的舞蹈。

圣诞节后不久的一个晚上，我回家比平时更晚一些。天气很冷，强劲刺骨的寒风在街道上扫过，把前几天轻薄干燥的积雪吹散开来。那天我小赢了一把，高兴地期待回家；我还罕见地希望露易丝还醒着，在今天晚上能把一些事情说清楚。我在雪中穿行，听着硬币在裤兜里碰撞的叮当声，想象着用手抚摸她脖颈的景象。

她坐在沙发上，电视机关着，我看出来她哭过。

“我希望，你能停止。”她说。

“停止什么？”

“把大衣脱了。”

“我应该停止什么？”我又问了一次。我站在那儿，在屋子的中央，感到我的鞋底好似被牢牢钉在地板上。我的手冰凉，并且感觉很沉。大衣上一滴、一滴地滴着水。

她说：“我希望你做个决定。停止，或者离开。”

我不禁笑起来。那是愤怒的笑，断断续续的，低沉的。我感觉自己遭到了背叛，我的头脑一阵发热，肩膀绷紧了。

“不要这样。”她轻声说。她垂眼看着自己放在腿上的双手，慢慢地摇了摇头。在她外婆过去常坐的位置的上方墙面上，钟表滴滴答答地走着。

“露易丝。”我说。

她抬起头，看着我。“你走吧。”她说，“现在就走，求你了。”

我说不出话。不过，我又能说什么呢？一开始我想，我们可能还有什么办法再和好，然后我明白，一切已经来不及了。我爱她，但她让我选择。这正是荒谬所在，因为根本无从选择。

我把门在身后拉住时，听到她在屋内大哭起来，听起来像动物的哀嚎，是我以前从未听到过的声音。

这就是一切。大概三年后，我收到了一封信，确切地说，是装在信封里的一张卡片，上面密密麻麻写满了她工整的字迹。她写道，她离开了保罗城，现在和一个名叫史蒂芬的男人住在一起。我应该去拜访他们。史蒂芬会摆好烧烤架，我们可以吃小香肠和土豆，一起聊天，或者只是坐在那儿享受花园美景。享受花园美景？我想象着他们怎样生活，住在一栋小房子里，有石子路、梨树和刺柏树篱笆。我觉得这个想象很奇怪。她根本不懂植物，而且厌恶树叶下的小虫子。史蒂芬肯定只能自己打理花园了。

露易丝的卡片寄到的那天，我去了金月亮。我还有几个硬币。我坐到“幸运游戏”前开始玩。就是这样：只要你一再按下按钮，卷轴就会转动。你就会玩。你会提高赌注。你会赢几次。然后你就开始输。但你会继续下去。你会一直继续下去。

露易丝·特拉特纳

这里有男人的气味——他们的呼吸，他们的口水，他们的汗水，他们在夜里留下的一切。床铺依然温热，被子乱七八糟。床单上有潮湿斑迹。有些看起来像小岛，有些像脑袋。我想象着他们躺在床上的样子。想象着他们在历经充满挫败的一天后，试图把汗津津的身体蜷缩进这个窝。他们穿着漆皮皮鞋，拉着行李箱，四处奔波。他们曾坐在走廊、房间和廉价客栈，曾站在公交车站和门口。他们东奔西走、行色匆匆；他们口若悬河、滔滔不绝；他们卑躬屈膝，满脸堆笑，潜伏静候，时刻待命——不论是什么事，只为了最终能爬上一张陌生而冰冷的床。现在就轮到梦上场了。那是关于权力与覆灭的梦，关于征服与瓦解，关于火车站与杂货铺，关于无边无际的、一排排空荡荡的木头凳子，还有一只白嫩的女人胳膊——像一缕布挂在火车车窗外。

你知道我为什么这么熟悉这些男人的梦吗，莱尼？是他们讲给我的。

你还记得科别尔斯基吗？你背靠在他汽车店的窗玻璃上，身后的销售展示厅灯火通明，里面尽是昂贵汽车。你很帅气。你的整个姿态显示出随意和洒脱，一种轻松的对世界的漠不关心。你低着头，脸藏在阴影里。这让你显得神秘，但同时我觉得，你好像我的一位旧相识。可事实是：我认错人了。我以为你是另外一个人，这也是我主动跟你打招呼的原因。也许我本该马上跟你解释清楚，但你很有趣，而我很寂寞。又或许只是我认为你很有趣，因为我很寂寞。不管到底是怎样，也没什么区别。后来当科别尔斯基燃起烟花时，我们早已肩并肩靠在窗玻璃上，一起凝视着绚烂炸裂的夜空。

他们都警告过我小心你。所有认识你的女人和大部分男人。我外婆说，当心，这个男人对你没有好处。我说，不要担心，我已经长大了。对于爱情，人永远都长不大，她说。我说，外婆，你已经老了。你有你的人生经验，但你的经验不是我的，你明白吗？她只是用那双苍老的灰色眼睛看着我。

所以，当你认为我那天晚上叫的是你时，你错了。你常常是错的。

有多少次你认为我靠着你的肩膀在沙发上睡着了呢？我

一次都没睡着过。我只是闭上了眼睛。我知道你在看我的脸。我能感觉到你的目光，我也知道，到我再睁开双眼之前，你会动都不敢动一下。这是我抓紧你的方式，至少在电影结束前的时间里。

因为这也是事实：我想要你。这没法解释。就好像，尽管你知道这条河通往深渊，你还是会跳进去。这只有想自杀的人和恋爱的人才了解。我想要你，而且我得到了你。我跳了进去。而且,跟你一起在里面随波漂流了一段时间,这很美。

我从没告诉过你，但是有一次，我看到了你。只有那么一次。我等你等够了，于是在半夜走出家门。保罗城处于一片黑暗当中。街道上只有从金月亮的窗户里透出的灯光。我看到你站在那台老虎机前。我看到你的手指，以平稳的节奏往投币口里塞着硬币。我看到你的一只脚，在木头地板上轻跺着节拍。我还看到你的脸，小灯泡的反光在你脸上倏忽变换。我想走到你身边去，但却动弹不得，只能待在外面的街道上。让我恼火的是，你看起来很幸福。你跟当时在科别尔斯基的店庆时一样帅气，但我觉得你比任何时候都更陌生。你是一个英俊的、幸福的、陌生的男人。我远远观察着你，大概半个小时或者更久，然后我回家了。

我不知道是什么驱使着我继续下去。或者，其实我知道：

是对孤独的恐惧。还有我的固执。我心里产生了一种愚蠢的抱负，我要做给所有人看，我要证明他们是错的，他们的经验与我无关，不是每一条该死的河流都通往一个该死的深渊。

你还记得你放在我床上的那条红色碎石项链吗？那天我睁开眼时，第一反应是枕头上有血。你把项链戴到我脖子上。那是玻璃石，一种冰凉的、光滑的、廉价的玻璃。我什么都没说。有一天项链又消失了的时候，我也什么都没说。外婆的银戒指不翼而飞时，我也什么都没说，我包里的硬币和纸钞无故消失时，我一个字都没说。你到底有没有问过自己，我怎么有那么多钱呢？为什么有时候钱就在我的手提包里零散放着呢？你以为，像黑山羊那样的廉价旅店的女服务员能挣多少钱呢？不够，莱尼。

但我有我的志气。还有杂乱的床上的那些怀着破碎梦想的男人。他们在我耳边轻声讲了那么多话，我一句都没记住，我不记得哪怕一个名字，甚至我还没离开他们的房间时，对他们的脸的记忆就已消退。只有那些气味留下了。

但无所谓了，一切也可能更糟的。我原谅了你的谎言。你的小偷小摸。你真的以为，我不知道你的工作不仅限于修剪玫瑰花的枝芽？你真的认为，在这么多年里，我一次都没去观察过你清洗垃圾集装箱，或者刮刷人行道上已经风干的狗屎？

我原谅了你，莱尼。但是，我不能原谅我自己。我并不是指丢失的时间。因为时间根本不可能丢失。我丢失的是我的尊严。或者更准确地说：是我放弃了我的尊严。像脱掉一件旧大衣一样，我放下了我的尊严。

你离开的那个晚上，电视里在放电影。电影的主人公是一名飞行员，他在波多黎各爱上了一个深色眼睛的女走私犯，并为了她陷入了纠葛。飞行员因为炎热无法入睡，一直用拇指捋着嘴唇上的八字胡。其他的我都不记得了。整部电影的时间我都在哭。我把脸埋在靠枕里抽泣、喊叫。我很愤怒，不明白发生了什么。我想起我外婆和其他人。我恨他们所有人，我恨自己。但是，我最恨你，莱尼。

不知什么时候，这些都结束了。电影演完了，我在毯子下听到仿佛从远方传来的新闻。我内心有些什么破碎了，或者被撕扯出来了。我知道，我再也不用在金月亮看到你了，还有你脸上那明亮的幸福。

史蒂芬是一个好男人。他选择了我，我也累了，希望有个依靠。他的薪水够我们两个人用，所以我能够辞去黑山羊的工作。我本来想打点花园的。但植物都死了，一株接一株的，我对史蒂芬说，可能是因为土壤或者雨水，或是肮脏的空气，也可能是别的什么。他说，大概你是对的。我们把三分之二的草坪都铺上了水泥。不过至少，梨树抽芽了，开的花雪白娇嫩，春天时，梨花的香气会通过开着的窗户飘过整个房子。

你肯定以为，我还活着。你的想象力总是那么有限。或许你还幻想，我正站在你的墓前，眼里含着大滴的泪水之类的。你又错了。

你还记得我寄给你的卡片吗？是我在四月的一个晚上写的。外面下着瓢泼大雨，我坐在厨房的桌子前，给你写卡片，心里感到一种已经很久没有过的自在与愉悦。我写好后，起身走到窗边。梨树在雨中沙沙作响。第二天早上，我感觉虚弱得起不了床了，不到一个月后，我就死了。在很久以前，有些什么就已经开始由内而外地吞噬我。一直到最后，史蒂芬都守在我身边。他坐在我的床边，我能看到他的脸一天比一天苍白，直到最终融入房间内白石灰般的光亮中，再也分辨不出。那些白天和黑夜，几乎没在我心里留下什么。我最后的记忆之一是你的双手，莱尼。你的手指上有泥土的气味。

格尔达·贝尔

我躺在这儿，想着你。也许我也只是在梦着你，反正也没什么区别。我知道，今天是星期天。因为上面很热闹。从前的星期天，我们有时会待在床上，享受我们的水乳交融，然后就只是静静地躺在那儿。更久之前，我认为那是不可能的——跟一个胖男人在一起也能有这么多乐趣。当然我们不是一整天都只躺在床上。没人会这样做。不过外面也很美。没有你的星期天是不完整的。爱你，然后躺在你身边，在床上，在草丛中，在雪地里。这就是一切。

K. P. 林多

花园里坐着一个小男孩，面前摆着他的收音机。他听到一首歌，开始哭泣。他悲咽着，啜泣着。不是因为那首歌是如此令人悲伤。他悲咽啜泣，是因为这首歌马上就要放完了。

那是夏天。房子里进了马蜂。它们过早地破茧，成群地在屋子里、桌子上、窗户旁嗡嗡乱飞，然后就死了。我的母亲把它们扫进她的小簸箕里，父亲爬到车库房顶上去寻找它们的巢。他想用烟熏马蜂窝。我喜欢那些马蜂。我不害怕它们中的某只可能会蜇我。我害怕别的东西。我认为马蜂是无辜的。它们是天使，只是现在已经死了，小小的，蜷曲着，正窸窸窣窣地滚进母亲的簸箕里。

我的收藏品：石头，小块硫黄，乳牙，蜗牛壳，或仅仅就是脏东西，裸女照片，死人的姓名，橡皮筋（所有颜色的，除了红色），拔酒瓶软木塞的螺丝锥，啤酒杯杯垫，邮票，眼镜片，骂人的脏话，报仇的主意。

报仇的主意：探悉父母的秘密并通过匿名信公之于众。在商业街上绷一条细钢丝，等数学老师骑自行车经过时把他的头割下来。炸毁几栋楼。把她赢回来，再抛弃她。在市政厅广场自焚。戳掉父亲的眼睛。把母亲剁碎。放弃报仇，以善良和宽宏大度让敌人感到羞愧，让他陷于自己卑鄙的泥潭中。

我的双手，小小的、柔软的、红润的掌端，拍到地毯上。然后砸到积木上。砸到消防站上。一切都应该毁灭。一切都应该在我炙热的、迸发的、潮湿的愤怒中瓦解。我的双手，任我差遣。在大人的话挤到我耳边前，我的手就会打死它们。我的手是我的朋友，我唯一的朋友。

还是这双手（真的是同一双手吗？），七十年后。我注视着我的双手，看着那些斑点，皱纹，毛发，伤疤。都发生了什么？它们搭放在塑料桌布上，手指像多结节的树根一样交叉在一起。随着年龄,祷告确实也来了。更准确地说,是乞求:请给我。请容许我。请赐予我。拜托。拜托!

不知不觉间，对第一次的渴望已转变为希望还能有最后一次。

总是塑料桌布。在屋顶下。在花园里。在学校。在后室、里屋。在等候室。在旅店。在邻居家。在警察局。在消防局。在所有其他地方。在休息室。在医院。在地下室。

在春天的节庆上。灯笼在风中摇摆，天还没黑就已经发生了三起斗殴。一切都一如既往，但又完全不同。一片黄色裙摆。一个笑容。鞋里的一颗小石子。恋爱就像发炎一样。比起后来在她面前把自己脱光，牵起她的手需要更多的勇气。但无论如何，还不必说太多话。

今天我们就开着窗户吧。——猫会看我们的。——对我来说正好，快来吧！我爱她。我爱她的肚子。她的臀部。她的脸庞。她的声音。我爱她所说所做的一切。在这一晚，我们战胜了死亡。那些猫也颇享受到了些乐趣。

然后就结束了。然而根本没发生什么。甚至没有另外一个男人。她就那样走了。她把一堆理由像砖石一样累叠在我面前。我听过就忘了。她打包好自己的东西，搬到了她母亲家。后来她离开了保罗城。道别时我们拥抱了彼此，她说：“我会给你打电话的。”

还有一笔收藏，那是跟她在一起的瞬间：金黄的夏日。脚垫上湿漉漉的仓鼠。鞋盒里的楦头。买一送二的止汗剂。一侧嘴角歪起的笑容。乌鸫事件。杨树上空的黑烟。我们在树下。在沙发上。在餐桌上。在草地里。在原野上。在床上。

我们的桌子现在又变成了我的桌子。

自然，后来还有过几个别的人。但不一样了，可谁又想要一直一样呢？后来我养过一只公猫。它很老了，皮毛上长满疥癣，暗无光泽，尾巴折成好几段，一条后腿像棍子似的僵直地从髋部伸出来。它的右眼混沌不清，只能缓慢转动。也许这只眼根本就是瞎的。它的一口黄牙倒是很健康，而且它能像年轻的小猫那样奔跑，尽管拖着一条坏腿。我们从一开始就喜欢彼此。它来到我身边，磨蹭着我的裤腿。它并不漂亮，单薄羸弱。精心喂养了好长一段时间，它才健壮起来。留下不变的，是它的臭味。对此没有任何办法。它像垃圾桶一样臭，但一段时间后我也习惯了。一直到它去世以后，我才又能闻得到春天的气息和我自己的体味。

我想，我跟这只公猫说的话，比与大多数人说的都更多。

黑蓝色的夜空。窗外喝醉酒的人，朝着同伴的背影或是自己的渴望怪声喊叫，甚至咆哮怒吼。然后又是万籁俱寂。房顶上一道影子。据说市政厅里又出现了蝙蝠，几十年来的第一群。电话响了。然后又停了。胃咕咕作响。桌上有半个小面包。但桌子太远了。一切都太远了。只有一只蝙蝠卧在你额头上。卧在那儿，盯着你，用翅膀遮住你的脸。

放手就是这么一回事。洗漱时一颗牙齿从嘴里掉了出来。这颗牙从来没疼过，连松动摇晃都没有过。而现在它就躺在盥洗盆里，被咀嚼磨损了，黄色的牙上有棕色的斑点。这是一个叛徒。但毕竟还有七颗在嘴里。我得给它们都起上名字。

走廊里父亲的脚步声。母亲的毛皮帽子的气味。医生。

夜间护士的声音。铁路。我们的手指，插在电影院座位天鹅绒垫子之间令人恶心的缝隙里。乘坐公交车。昏暗的冬季夜晚。厨房地板上洒落的牛奶。跌倒。伤口。疤痕。她的胳膊。她的脚。她的额头。垃圾集装箱里装着砖块的盒子。饼干。苹果。黄油面包。十三只杯子，但还是不够。家门前的几只死鸟。窗台上一只将死的马蜂，像一个嗡嗡转着的陀螺。从远处传来的音乐。死亡就像一阵风一样到来。它会接上你。它会带你离开。

我怎么知道的？我不知道。

史蒂芬妮·史塔内克

我看见了教堂着火。那是秋天里一个温暖的早上。我那时已经老了，不宁的心神驱使我早早就去了外面。我沿着街道走着，没一会儿就听到了火焰燃起的噼里啪啦的声响。教堂里火光冲天，透过开着的门，能在成团的烟雾后看到神父的身影，他伸开双臂，站在落雨般的火星中。人们飞奔过来。他们大声喊叫。然后消防队赶到。当他们把神父抬出来放到担架上时，他的背已经烧得焦黑了。教堂烧毁了。栗子树的枝头挂着星星点点的火光，像是小电灯泡似的。看起来很美。因为记忆，我感到心疼。后来人们重建了教堂。但是我没能看到竣工典礼。

我死的那个夜晚，天空中聚起很多云，不一会儿就下起了雪。天很冷。在埋葬我时，一个工人不小心滑倒，差点跌进敞开的墓穴里。没几个人来参加我的葬礼。绿蒂。我的外孙女露易丝。还有三个女人。一位我不认识的神父。他说："请安息吧，你已经疲倦了。" 雪一直下，一直下。

我见过很多神职人员，但是他们我全不喜欢。我不信任他们。我喜欢去教堂，但从来不是去忏悔。我知道：就算上帝宽恕了我，我自己也不能原谅自己。

但是神父说得对：我已经疲倦了。我的一生，长路漫漫。我记得起点。记得那个村庄，但我不想说出它的名字。我记得那些动物。记得秸秆烧焦的气味，还有马粪和春天的阳光的气味。瘦骨嶙峋的冬季树木。灌木丛里一只冻僵了的没眼睛的兔子。圣诞节时的肉。爸爸的靴子。森林。雪。很多的雪。

已经能听到前线的声音，天际线上，森林好像在燃烧。他们来到这里，砸碎我家的门时，我和我的小绿蒂蜷缩在母牛旁湿漉漉的秸秆堆里。他们抓走了我的父母，拿走了我们拥有的一切。我们的房子消失在最后的火光里。

有一段时间，我们能藏在邻居家里。储藏室的地板上有几块木板能抬起来，我们可以爬到那下面。他们每天都来，找肉，找衣服，找女人。他们穿着冬靴在我们头顶上的房子里咚咚走过时，我们就静静地躺着。我把绿蒂裹在大衣下面，肚子上能感受到她温润的呼吸。

我不理解他们为什么抓走了那个邻居。她都已经那么老了。也许是她做了什么蠢事，也许是发生在黑暗中，有人把她认错了。无论如何，有一天她不见了，他们发现了我们。但我们还算幸运，被分配到一个由妇女、小孩和年老的男人组成的小组里。每个人都得到了一个臂章，我们一起出发去火车站。火车驶进站时，小绿蒂挥起手来。启程时，我能透过一个小窗口看到外面。月台上洒满阳光。火车开动起来时，几个男人笑着，向我喊了些什么。月台边缘上有一只棕色女鞋。

我们乘火车走完了最初的一段路。车里那么挤，我们只能轮流坐座位，但不管怎样我们挨过去了。快到边境时，火车停下了，我们步行上了路。跨过边境后，我们撕下臂章，把它们点着烧了。很多人像疯了似的大笑起来。有一个女人把她的臂章扔到地上，踩着它手舞足蹈地蹦来跳去。我坐到一块石头上，舒了一口气。在此之后我的一生，在坐到边境旁的石头上这短短一瞬之后的整整一生，就是一口长长的舒气。

我们一起继续跋涉前行。我们睡在汽车下面，牲畜棚里，或露天的旷野上。夜晚很冷，我们还常常饿肚子。有机会的时候，我们就从地里刨洋葱和土豆吃。我们知道自己是在盗窃，但我们没感到悔恨。

有治疗斑疹伤寒的樟脑注射液，但是樟脑会让人神志不清，我知道这点后就不再用这个药了。在发烧时我看到了一匹马。它站在地平线上，背上驮着红彤彤的太阳。黑色的天使坐在路边的树上。

我一直清楚绿蒂有多么顽强。她才六岁，却像大人一样能走路。她的双腿在道路的扬尘中成了褐色，滑溜溜的。我们一路并排走着，一直手牵着手。有一天我们会到的，我对她说，我们会到达目的地，然后好好休息。现在最重要的就是走下去。一直向着西方，一步一步地走，同我们前后左右的很多人一起，只是这些人一天比一天少了。总有一天我们会到的，然后就能好好休息了。

我们走的时间比他们告诉我们的长得多。这个国家大概地方不够，人们把我们一会儿派到这里一会儿又送到那里。最后我们到了保罗城。我们在这儿应该有一个亲戚，但是我从没找到他。也许这件事只是我自己幻想出来的。

最初一段时间，我们住在布克斯特肉铺的储煤地下室里。地下室里又黑又冷，不过煤炭把空气中的湿气吸掉了，有时肉铺老板还会给我们送几块骨头或者一块边角碎肉做汤。

绿蒂从未能认识她的父亲。后来我听说，在我们收到他的那些信时，他早已经死了。绿蒂从来没有认识他，所以她也不想念他，这是她的幸运。我们留在了保罗城。没有回去的路。

有工作的机会，最开始是在农田里，后来在克劳森纳太太的糖果巧克力店，在那儿我负责招待顾客。工作给我带来很多乐趣，绿蒂也成长得很好。因为吃了太多的碎巧克力，她有一点胖。但她也找到了丈夫，并把露易丝带到了这个世界上。后来她为一份工作离开了保罗城。露易丝有自己的想法，留在了我身边，我也看着她也成长为一个女人，并找了个不值一提的男朋友。

那时候——我和绿蒂手牵手走过那么多天时；我们从彼此身上汲取力量时（更多的是我从她身上汲取力量）；我们在夜晚听到女人哭喊，早上看到尸体被草草掩埋在公路排水沟里以免遭正午烈日的暴晒时——绿蒂没说过一句抱怨的话。她什么都没说——在鞋子散架，脚上只能缠着破布前进时；在我们乘坐的汽车遇到搜查被洗劫一空时；在我们拥有的最后几样东西，身份证明文件和衣服食物都被抢走时，她什么都没说，她也不哭。只有我经常哭，在她睡着的时候。我不是因为我们失去东西而悲伤。我是因为绿蒂的勇敢而哭泣。

在我们的路上发生过一件事。

有一次队伍必须停下来。四天四夜里，我们既不能前进也不能后撤。前面远处的某个地方在着火，公路必须封锁起来。我们等着。夜晚，冰冷的月光笼罩大地，风扫过干涸的地面，呼啸的风声让我心慌害怕。只要云朵遮蔽了月光，我就感觉自己能看到潜行在原野里的人影和动物。我们睡在又硬又冷的土地上，绿蒂的小身体在我的大衣下簌簌发抖。我看到离马路不太远的地方有一座农家院。院子里有一栋住房、一座谷仓和几个牲畜棚。这块地的雇农住在里面。人们对他的评价很差。我观察过他几次，有人把他的农田当厕所方便时，他就牵着一条大黑狗来驱赶他们。但是天气太冷了。“在牲口棚里就暖和了，”我在第三个晚上说，“我们到那边去。”绿蒂不想去。她说她不想穿过农田，土地裂缝之间的阴影让她感到恐惧。我没理会她的反对。头上有块屋顶，身下有几根秸秆，对我们有好处，我说。

远远的我们就听到了狗叫。雇农站在门前。他是一个粗壮的男人，头发微微发红，一双丑陋怪异的大手。他的双腿插在齐膝高的靴子里，靴子上沾着泥土。从他身后的屋子里传来锅子在炉火上煮东西的咕噜声。我问他是否允许我们在某一间牲口棚里过夜。他盯着我们看了很久，眼里没有一点儿友善。但他最终说了“可以”。我还记得，我高兴得笑了起来，又在同一时刻就为我的笑而感到羞耻。

猪圈空着。也许他不得不把猪都卖了，或者是自己宰了。我们躺到秸秆上。他给了我们几颗煮土豆和一张粗羊毛毯。我们把土豆捧在手里好半天才开始吃。它们比毯子给我们的温暖还要多。在入睡前，我听到隔壁棚里动物的窸窣声和咀嚼声，有那么短短的一刻，我想一切应该已经快过去了。

农夫走进猪圈时，肯定已经是午夜之后了。门几乎是悄无声息地被打开的，可是我睡得不深，一下子被惊醒，坐了起来。他走进来，在屋子中央站住。月亮挂在他背后。他的脸有一半在黑暗中，我看不清他的眼睛。但是我知道，他正垂着视线盯着我们。他的呼吸很沉重，我能在月光里看到他呼出的气。我轻声说："走开！请走开！"

"我想求你点事。"他说。

"什么，你到底想干什么？"我问。

他向我们迈了一步，然后又站住。他的脸现在完全消失在黑暗中了。他微微抬起胳膊，我更害怕了，因为现在我看见了他手里拿的是什么。那是一只死鸡。他抓着鸡脖子，软塌塌的鸡身子在他的拳头下晃动着。

"我希望你能听我说。"他说。

他的声音里有些悲伤，看着他手里抓着死鸡站在那儿的样子，我忽然对他感到同情。我说："坐下吧。但是小声一点，孩子睡着呢。"他坐到我们身边的秸秆堆里，然后开始说话。"也许你能理解我，"他说，"我希望你能。非常希望。我认识像你们这样的人。我知道你们是从哪儿来的。我也知道，你们回不去了。你们……我看到你了，你和你女儿。我看到你们穿过田地向房子这儿走来。我看到你们了，而且有点什么……我不知道，那到底是什么，但是我有预感，你会听我说话的。"农夫说话很慢，而且磕磕巴巴的。他说话时低头看着地面，好像要把那些话一字一句的费力从秸秆里挑拣出来似的。"我还不算老。可是我睡不好。夜里那些想法就来了。不是什么美好的想法。有时我感觉好像根本就不是我自己的想法。就好像，那些想法在黑暗中飞过原野，然后在我脑子里筑巢。"他抬起头，我看到他的双眼，那里面漂浮着两轮微小的、白色的月亮。"我有过一个妻子，"他接着说，"一个很好的女人，她愿意陪着我。我们坐在同一张桌子旁，我们躺在同一张床上。夜里我听着她的呼吸。她的呼吸声能把那些想法赶走。"

他沉默了。他的身体猛一晃动，我以为他要站起来离开。可是他又无力地蜷缩起来，垂头看着地面。"你看到外面的田地了，"他低声说，"这片地很大，但又没有大到能承载一切。一开始是不一样的。那时候我们会在温暖的傍晚坐在房子前，瞭望远方。但是我也总会注视她的脸。夕阳照在她脸上时，是那么美。除了爱她，我别无选择。”

他盯着猪圈四方门里的月亮看了好一会儿。然后他又继续说了。“一年年就这样过去了，本来一切可以很好的。但不知从什么时候开始，她变得焦躁不安。她的双手静止不下来。在她心里有点什么，一种渴望，我不知道，不论如何，她想要……她想要些东西。”

他忽然站起来。他很激动，呼吸沉重，我害怕孩子会醒来。我说：“你坐下，接着说。”他又坐下了。

“我以为一切会好起来。或许我应该……我不知道。不管怎样，她不满意。傍晚她不再想坐在房子前。她说，土地太荒凉了，太阳照得她眼睛疼。她变得冷酷恶毒。于是我也变得无情起来。也许是我不对。但我能怎么办呢？我特别害怕她会离开我。我对她说，我们得有耐心，要相信。我们一定要陪着彼此。这些话我对她说了一遍又一遍。”

农夫向前弯着腰。他看起来好像正忍受着疼痛似的。然后他又坐直，继续说下去。他的声音里有一丝颤抖，比刚刚说话的声音更轻了。

“一个春天的傍晚，我自己坐在房子前。我喝多了，土地在我面前伸展开去，好像没有尽头似的。忽然好像一切又变得容易了,我想让她看看这所有的美丽。我想拥抱她,我想，她一定会理解我，从现在开始肯定一切就又好起来了。我喊了她的名字，但她没有回答，于是我走进屋子里。她坐在桌子旁，呆呆地盯着一只装着洋葱的碗。我对她说，她应该跟我一起到门外去，我想让她看点什么。但她只是摇摇头，这让我一下火冒三丈。我把身后的门砰地关上，急切地劝说她。我希望她终于能够理解，我希望一切能像从前一样。我说话的声音越来越大。我开始指责她。我说了可怕的话。我大喊大叫，暴跳如雷。我挥拳猛砸橱柜。我拿起装满洋葱的碗，扔向碗碟架。我用脚来回跺着碗碟和洋葱。碎片在我的靴子下咔咔嚓嚓、嘎扎嘎扎地响着，一切，一切都毁了。”

他一动不动地坐了很久。他闭着眼睛，深深地呼吸着。在我以为他已经睡着的时候，他又开始说话了。

“我想求你点事，”他说，“只是一件小事。我给你带来了一只鸡。房子里还有鸡蛋和甜菜根。你能拿多少就拿多少。全都拿上。”

“你想要什么？”我问。

“我希望，你能让我单独跟你女儿待上一小会儿。请你到外面去。不会发生什么的。你可以信任我。因为我觉得这是一个礼物。你们找到了来我这里的路。她的出现就是一个礼物，是我期盼已久的礼物。”

农夫握住我的胳膊，“请信任我，”他说，“我不是坏人。请相信我。”

我能说什么呢？我们在挨饿。他整个人显得那么悲伤。我没有担心他会做什么离谱的事。于是我把绿蒂的头放到秸秆堆上，把毯子盖好，便出去了。

夜寒冷而寂静。田地笼罩在月光中，在它后方远处看得到一排汽车，那排车一直延伸到地平线以外。空气中弥漫着烧焦的木头的气味。我想，我可以把鸡和甜菜根煮了。鸡蛋我想裹到羊毛围巾里来保存。或许我也可以用秸秆把它们包起来。那样它们就不会被太阳晒着了。

猪圈里没有一丝声音传出来。我只是把门虚掩上了，但是什么都听不到。我想着农夫说的话：*她的出现是一个礼物*。另一个念头浮现在我脑海里，我闭上眼睛几秒钟。我感觉能听到自己的心跳声。我的心跳动得那么响，我想肯定到处都能听到。

我悄悄溜到猪圈边，透过门缝往里瞧。过了一会儿，我的眼睛才适应黑暗。我看到农夫庞大而丑陋的身体。他一动不动地跪在绿蒂身边的秸秆堆里。他的双手展开放在膝盖上。

他的上身伏在绿蒂上方，他在端详她的脸。我还没来得及想，这幅跪着的男人和睡梦中的孩子的画面显得多么祥和，就看到绿蒂的眼睛是睁着的。在他身体的影子下，我没能立即看清她的脸。但是现在我看到了，她在怎样地盯着这个男人，我看到了她眼睛里的惊恐。

我推开门，大叫起来。我用两只拳头捶打他的背，当我用余光瞄到他随着一声微弱的呜咽倒向一侧时，我一把抱起绿蒂，带着她冲向门外。我把绿蒂抱在胸口，直到我们回到马路上，我才不再跑了。我钻到一辆车底下，用身体尽可能地遮掩住绿蒂。

这就是我在余生的漫漫长路一直肩负的：我孩子的眼睛的画面，在夜晚的黑暗中清澈如两颗水滴。

第二天，马路开放了，我们又开始赶路。

在那么漫无尽头的时日里，我总是看到身前大地上我们的影子，以至于我认为，直到今天，我们的影子——只有影子本身，没有我们——还在一直、一直向前走着。

海涅尔·约瑟夫·兰德曼

早上好!

你们当时是什么感受呢，保罗城的市民们？当你们把我放进这个洞穴，里夏德·雷克尼耶尔朝我扔下一根折断的小榛树枝作为道别时？神父念悼词时，你们想了些什么？他不得不站在一个厨房小凳上，才能让你们都听到他，因为你们全部都来了——为此我感谢你们。这是我最后的致谢，还是从坟墓中发出的，另外，这儿躺起来根本不像我一直担心的那么糟。

可怜的神父为了悼词费了多少心思啊！那里面没有一个字是真的。因为真相不过是一种渴望。

这儿躺着我，你们的市长。我的父亲，老海涅尔·约瑟夫·兰德曼，就躺在离我不到一臂远的旁边。我们活着时都从未如此亲近过。他的父亲，我的祖父，特奥多尔·C.兰德曼，躺在我们身下大概一米半远的地方。人会随着时间往下滑。

特奥多尔是建筑工程师，你们一定都知道，他设计了城市公园和学校教学楼。他擅长计算，画的树木无人能比。而且，他是位爱人的仁者。老海涅尔·约瑟夫则绝对不是。他受不了"人"。他甚至厌恶绝大多数人，包括我母亲和我。很有可能正因如此他才当上了市长，并且成功坚持掌权将近十七年之久。官职为他创造了与人们的距离，那对他来说是必要的。他是一个差劲的丈夫与父亲，而我是一个愚蠢的孩子，希望自己能比他做得更好。在某个方面，我也做到了。

我比你做的时间还长，爸爸：二十九年。保罗城的命运握在我手中如此之久。

如果这听起来还不好，那我不知道"好"还能是什么。

可你们却不知疲倦地指责我的错误。甚至直到这里，在我坟墓潮湿的深处，还能挤进你们的抱怨。你们说，我许下了空洞无耻的承诺。但我还能做什么呢？我是个政客。而且我也的确尝试过。我出任市长，是因为我想为保罗城做点事。做最好的事。或者至少不做任何坏事。无论如何，要做一些与我爸爸不同的事。

你们说，我用尽各种手段，把我的竞争对手一个接一个地铲除掉了。没错，这正是我做的。（尽管，只是顺便一提，这并不太需要多少手段。）

我听到你们窃窃私语，讨论漏洞百出的投票箱，谈论不翼而飞的选票，还有另外一些被记了两次或三次的选票。可是，我的天哪，只要领头羊能带领羊群安全度过冬天，谁会问它是怎么得到的犄角呢？

你们说，我在女人这方面太夸张了。可老实说，我根本不知道在女人这方面怎么可能夸张。

你们还谈论贿赂。贿赂，你们说，是一件坏事。但是，我问你们，如果我不先获得些什么，我又怎么能去给予呢？只有从装满的口袋中才能有所提取。

就在此时此地，也许你们中的某一个——肯定是勇敢者中的一个，他一直都知道或至少一直想知道——会站出来，用坚定的声音发问：你能不能至少在死后比活着时严肃一点，兰德曼？我的回答是：不能。

你们认为我哄骗了老实巴交的卡尔·约纳斯，让他失去了农田？然后审批你们所有人都热切期盼的休闲娱乐中心的建筑申请时，我又买通了土壤鉴定人和测量工程师，贪婪地张开了双手？我亲爱的朋友们，我有什么资格骂你们是骗子？是，我确实稍微加快了事情的进程。未来在摇撼我们城市的大门，而恰巧是我站在门口，就收了入场费。

后来发生了一些事情，那超出了我的能力范围。如果它们在我的能力范围内，它们就不会发生。你们都还记得那恐怖的一天吧，三个人把生命永远留在了废墟之下。承重支柱建错了位置，钢材淬火太早，水泥浇筑太晚，土地太软、太深，冲蚀得太严重，我也不知道原因是什么。

这三位同胞的死亡是我们大家共同的不幸。他们的墓就在那边，七号墓区，第四排和第五排。

施特凡·维尚特。弗里德贝尔特·罗海姆。玛尔塔·亚维努。

你们知道我一生中最感动的时刻是哪一刻吗？不是我被任命为市长时，也不是后来成为我妻子的女孩第一次吻我时（你们也知道这个故事的结局如何了），甚至不是我的第一个孩子出世时——那时我还以为孩子诞生是理所应当的事。不，是我们大家聚集在七号墓区的第四排和第五排，一起送我们的三位同乡走上最后旅程的那一刻。

在那一刻，我们的心一起跳动，好像我们是同一个生命。在那一刻，在那个悲伤至极的时刻，我们就是人们所称的共同体。

最紧密的共同体是家庭。这有谁会反驳我吗？没有。所以我只能自己来反驳：家庭只不过是一个强制共同体，可能进展顺利，但事实上常常并非如此。毕竟，当你离开子宫的原生宇宙后，你也不知道将会看到哪些人的脸。而在那个秋天的周六下午聚成的那种共同体是完全不同的。它源自每一个成员本身的自由意志。

这就是我的意思。

如你们所知，我母亲把我放到这个世界上就走了。在那个年代，癌症还不太为人所知，而作为热忱的天主教徒，妈妈坚信是魔鬼占据了她的身体，每天偷走她肝脏上的一块。只要她还能说话，她就咒骂医生，拒绝吃他们的药，反而把自己的灵魂托付给病房墙上的木刻耶稣像。我想她是一个相当天真的女人。

传说我在四岁时就说：我以后要当市长，你们谁都阻拦不了我！不知道我当时是否真的理解那些话的含义，无论如何，据说我说这些话时，双脚还交替跺着客厅的地板。我是个倔强的小孩，估计那时我以为，当了市长身边就会一直有足够多的成年女性，而且再也不会遇到任何麻烦了。这个假设的第一部分是对的，第二部分不是。

癌症也抓住了我。

您知道弗里德里希·泽尔蒂纳[①]吗？弗里德里希·威廉·亚当·泽尔蒂纳本来想成为一名建筑师，但最后做了药剂师。这是我的幸运。因为在一八〇四年（那时保罗城仅有四户农民，他们虽然都是亲戚，但彼此恨之入骨。现在的科别尔斯基的废车处置场，就是当年他们几家的农庄的大概位置，大致分布在一个沼泽泥塘四周），泽尔蒂纳不知道从哪儿弄来了几勺纯鸦片，并从中蒸馏出了罂粟酸。

后来人们给罂粟酸起了另一个名字：吗啡。这个名字源自摩耳甫斯——希腊神话中的梦神，睡神修普诺斯之子——他是变形者，是不同世界之间的使者，还是安详死亡之神，在我看来，是最后这一点使他备受人们喜爱。

---

①Friedrich Wilhelm Adam Sertürner（1783—1841），德国药剂师、化学家，为首位从罂粟植物中分离出吗啡的人。泽尔蒂纳的父亲是一位土地测量员、建筑师，但在泽尔蒂纳只有 15 岁时去世，家境陷入贫困，所以他只得放弃继承父亲衣钵的意愿，开始在药房做学徒工。

某种方式上，确实也可以理解妈妈：癌症是一件恶魔般可怕的事。它可以潜在你身上很多年而你没有任何感觉，然后它忽然就爆发了。那是一个早晨，你拿着《保罗城通讯》坐在马桶上，打算看看读者来信那个版面，忽然你感到一阵疼痛。那感觉就像是一只狗咬住了你的肾，要把它一块块从身体里扯出来似的。而且那不是随随便便一只狗，而是一只眼睛充血的、巨大的、讨厌的、卑鄙的狗。你把两个拳头按在肚子上，从马桶座上向一侧倒下去，在地板砖上打滚。有人高喊你的名字，砰砰拍门，把门撞开，喊叫，急救医生，救护车的蓝色闪光，医院……

一针下去就有了明显好转，当你之后挂在输液器上、疼痛慢慢淡化成模糊的记忆时，当你观察床上方的天花板吊灯的无限美丽时，你感觉到，一切就要恢复正常了。

当然不会。你的身体开始腐烂、瓦解，像一只旧木桶一样。不过到最后时刻，就很快了，而且还相对舒服。摩耳甫斯轻轻摇晃我，把我送入了长眠。

我记得，我还是小孩子的时候，有一次在肥料堆上拉屎，然后爸爸拿着他的粪叉翻动了肥料堆。那堆肥料所在的大概位置上，今天是莱恩萨姆保险公司的玻璃办公楼。这也多少说明了有关人类的一切多么无常易逝。

我还记得在我们地下室的一个角落里找到的一口旧锅。我把尿撒在里面，然后去给花园里的西红柿苗施肥。后来我才知道，那不是锅，而是祖父的钢头盔，上面缺了一块儿。缺失的那一块钢盔与他左鬓的一大部分一起被一个眼尖的英国人射掉了。那之后祖父又活了四十六年，而且身体还挺不错。

我记得我所握过的许多双手，也记得抱过我的、为数不多的几双手。

我记得斜照在白雪覆盖的原野上的太阳。太阳才刚升起，几只云雀冲上天空。好像它们想要逃离那冷冽的阳光。

我记得我的父亲。

我记得市政厅里我的那把沙发椅。那是姑姑去世时留给我的，上任后我的第一件公务就是让人把它拖到市长办公室来。椅子里生了虫，一条椅腿常常飘出木屑粉末，靠垫的缝隙里也常常钻出马毛。它已经旧了，很丑，并不很舒服，但它只属于我。当我被各种荒谬与疯狂包围时，它就像是我的一小块家园。我能坐进去，把背向后靠，把手埋进马毛里，这一切总让我觉得，我好像也拥有某种类似家的东西。

据此，我亲爱的保罗城市民们，让我们最后一次，真的绝对是最后一次，回到我的错误上来：是，我行过也受过贿，我做了虚假的承诺，可能还制造了一堆私生子，我撒谎诈骗，我很糟糕，我是坏人，我虚伪卑鄙。总而言之：朋友们，我是你们中的一个！

哦，对了，还有：最近一段时间，在温和的夏夜，几个年轻人总是在我们的墓碑旁野餐，其中有老施威特尔的儿子，他真是个令人叹为观止的笨蛋，没一点规矩，粗野得很。这些年轻人把这块墓选为他们的野餐地，因为这里有一块巨大的拉布拉多大理石板，黑色的石板能把太阳的温热一直保存到夜里。他们坐在那儿，不停地胡扯最无稽最荒唐的废话。他们的啤酒常会洒出来，流到大理石上雕刻的家族姓氏上，粘在那些字母上。有时老施威特尔的儿子还会对着墓碑的背面撒尿，然后女孩子们就被逗得咯咯笑，发出尖叫。我讨厌他们这么做。我恨他们的愚蠢和靓丽。我恨他们，因为他们身上拥有奇迹，而他们光滑烫热的额头后的脑子对此毫无思索。

能不能有谁去找他们，对他们说，他们可以永远留在这儿？

玛尔塔·亚维努

我还是个小女孩的时候，会给我幻想中的男人写长长的信。我往半透明的薄棉纸上喷上香水，把信塞进没贴邮票的信封里，然后心怦怦跳着把信扔进邮筒。我常想，是否有人会打开这些信呢？

后来，我写了一本小说，但没人愿意把它读完。我在城外远处的原野上烧掉了那一摞纸。快全部烧完时，一阵风吹进纸灰，我便站在了翩翩舞动着的黑影风暴中，犹如置身于一群纤巧柔美的黑蝴蝶的围绕里。

我跟其他女孩不一样。我没有她们那种快乐开朗的性情，有时我会对自己的梦想感到灰心。在我那晃着细胳膊、伸着长脖子的身体里，我感觉不对劲，就像在这个城市中一样不对劲，这里的街道颠簸不平，夏天时还充满从地下室窗户里溢出的霉烂味。晚上，我开着窗躺在床上，怀里紧紧抱着枕头，渴望着自由与光。

离十九岁生日没几个星期时，我认识了罗伯特。他坐在市政厅广场的一条长椅上，不知为何，我感觉他好像迷失了。他夹克衫上的纽扣系错了，当我看到他搭在腿上小小的双手时，心里感到一阵温暖，一阵我在此之前从未体会过的温暖。当我们的视线相接，我们都没有笑。从最开始，我们就以一种奇怪的方式默契相通。我们如此不同，所想所感都完全相反，但我们注定属于彼此。我们是一棵树干上朝着不同方向成长的两根树枝。

我们还不到二十岁就结了婚。罗伯特的求婚有些笨拙。戒指从他手中滑落，他不得不追着戒指一直爬到厨房的凳子下面。他的衬衫都从裤子里挣脱出来了，我能看到他白净的、少年气的背。我们两个都笑了。然后我接过戒指，说“我愿意”。婚礼很美。我跳了大半夜的舞，喝葡萄酒，聊天。透过我的面纱，婚礼宾客的脸庞显得柔和而美丽，生命中第一次，我感觉自己是个女人。

那时保罗城正开始慢慢苏醒。每个角落里都有滚烫的沥青腾腾冒着热气，整排整排的房子在翻新，商业街上出现了装上路灯的宽大人行道。在我二十一岁生日那天晚上，我和罗伯特站在其中一盏路灯下，我热切地劝着他。我自己的决心以及我们喝下的葡萄酒使我激动不已，我在回家的路上停下，抓起他的双手。“我希望我们的一生能有所成就，”我说，“我想要做些什么，我想工作，想成长。我想开家店。跟你一起。”我看得出，他努力使自己显得镇静，但我也看到他太阳穴处的血管像树根似的突起并跳动着，好像随时会爆炸似的。“你说的开店是什么意思？”他问。

“我是说开一家商店，卖鞋子。一个鞋店。保罗城还没有这样的店。天晓得人们都是去哪里买鞋子的。我有一点钱。父母可以帮帮忙。我们把我们的积蓄凑到一起。一楼的煤炭店已经空置很多年了。想象一下：我们两个，你和我，在我们自己的小鞋店里！你会明白的，我们所需要的一切，就是一点勇气。你想这么做吗，罗伯特？你愿意跟我一起鼓起勇气吗？”

他的脸略微一沉，但随后他说：“嗯，当然是该做点什么。着手做点什么。也许这不是个坏主意。”

我扑上去环绕住他的脖子，吻了他。

生意很好。城郊开了一家鞋店的消息很快就传开了。店门上方那个罗伯特尝试了好几次才成功挂上去的小铃铛，几乎一整天都响个不停。店面位于西向高速公路的连接通道旁，我们的公寓就在鞋店楼上。太阳升起时，我能看到汽车挡风玻璃后那些奔波于通勤路上的人的脸，只要我把上半身从窗子里探出来，就能擦拭“玛尔塔精品女鞋店”这几个字上的灰尘。我每天从早上八点工作到下午六点。我负责管理存货，陈列商品和了解顾客的需求。罗伯特负责记账，为了使他那混乱的账目能有一些头绪，有时我们两个人不得不在厨房的桌子前坐到天亮。

罗伯特是一个充满不安全感与恐慌的人，他费力地勉强应付生活,在他的理解中,生活是永久持续的挑战。他与困扰、折磨他的忧愁抗争，与各种物品作战，好像它们无时无刻不在妨碍他那慌乱的四肢。

狼狈的求婚只是他一长串笨拙行为的开端。鞋盒和鞋蜡罐从他手里滑落，鞋撑子，刷子，开着的钱匣子，一切都会掉到地上，几乎每周都有文件和账单丢失。他不知道怎样处理生活中的事物。他也不知道怎样与女人相处。就好像罗伯特的双手单独过着自己独立的生活，不能实施他对爱的设想。

一天晚上，我问他：“你到底想要什么呢，罗伯特？”

“你什么意思？”

“我是说在床上。”

“哦。”他吭了一声，然后就没有下文了。

“你说说吧。”我坚持道。

“我想，在这方面我没什么想要的。”他说。

我本来想要个孩子的。我常想象，把一个小人儿抱在怀里轻轻摇晃该是怎样的感觉。当孩子大一点了，我就牵着他的手，在原野上奔跑。我们会用野花编花环，会在杨树下的漫漫白絮中转圈嬉戏。

有时，当又一个月过去，我在夜里听着罗伯特在我身边的呼吸声，感觉着他在睡梦中微微抽搐的身体，我会因渴望和喜悦而颤抖，为了期待中将要发生的事。

但是，什么都没发生。去追寻缘由是毫无意义的，并不存在什么解释，也没有谁对谁错。我一点都没责怪罗伯特，也没在绝望中沉沦，而是把我的全部力气都用在经营鞋店上。我希望搬离这条在我眼中越来越荒芜黯淡的街道，搬到市中心去，并开始寻找合适的店面。我梦想着宽敞明亮的房间的光彩，幻想着女店员的优雅，她们将毫不逊于她们所招待的顾客。我每天晚上都想象着，创造出这样一个充满活力与光彩的氛围将是什么样的。有时我悄悄溜下黑暗的楼梯，去试穿最新款的鞋。我在店里来回踱步，欣赏着镜子里的自己，微笑着，我还是年轻女孩子时都从未这样做过。

随着花店老板格雷戈里娜·斯塔瓦奇女士的逝去，困难开始了。在她那商业街上的花店的储藏室里，人们发现了这个可怜女人的尸体——保罗城几乎没有人真正认识她。花店的位置很完美，但售价超出了我们的能力范围，在她的葬礼后不到两个月，那儿就开了一家规模很大的时髦鞋店。店主是爱德华·米尔波尔克，一个健壮的男人，留着灰白胡子，有一双水汪汪的蓝眼睛。他称自己为企业家，活跃在不同的商业领域，在这其中，他与市长的交情自然令他受益匪浅。不论天气如何，他总是戴一顶草编礼帽，穿一身浅色西装，由于头发上抹的润发油过多，领子上常常满是油渍斑点。

“有他的钱和这么好的地理位置，他做生意肯定容易。”罗伯特说，而我心里涌起一股恨意。“闭嘴！”我说，“你给我闭嘴！”

爱德华·米尔波尔克每周五中午都去他的鞋店，检查一切是否正常，给售货员小姐们发放她们一周的工资。他会坐在收银台后的椅子上，分发装着钱的信封和包在银色箔纸里的小巧克力糖，始终面带笑容。

在一个这样的周五，为了跟他谈谈，我去了商业街。我有几件事情想跟他说，都是最重要的事，昨天夜里它们还清楚地展现在我眼前。但当我看到坐在女人堆里的他时，我却什么都想不起来了。爱德华·米尔波尔克坐在那儿，帽子推到颈后，正往嘴里塞一块糖。“我想跟您谈谈。”我说。

他看着我说：“您是谁啊，夫人？”他是微笑着说的，笑中并没有任何讽刺意味。

女店员们退到后面，开始打理货架。

“我想您应该很清楚我是谁。”我说，“我的名字是玛尔塔·亚维努。”他把嘴里含着的糖果从一侧脸颊捣鼓到另一侧时，脸上的微笑丝毫没有变形。突然，他站起来，伸出一只手迎向我。“我能为您做什么吗，夫人？”

我环视四周。在里面，房间给人感觉比从外面看起来大得多。显然，米尔波尔克让人把隔出储藏室的那面墙拆掉了。

“她当时一定就倒在后面那儿。”我说。

“谁？”他问。

“花店老板。大概就是这个位置，放意大利男鞋的这个架子旁。”

“哦。”爱德华·米尔波尔克吭了一声，抬了抬帽子，快速捋了下头发，他的头发里折射出天花板小灯的光线。

“没有人注意到有什么不对。”我说话的声音比我原本打算的更高，“没人惦念她，没人察觉到她不在了，您明白吗？”

女店员们停下手中的工作。一个鞋盒里的薄棉纸窸窣作响。

“她的一生都是一个人过的。”我接着说，“我想，没人真的留意过她。”

爱德华·米尔波尔克一动不动地站着。现在他的微笑已经不在了。我想继续说下去，我想把那些话都甩到他脸上，但我什么都想不起来了。

“你以为，你有钱，有这个好地段，就一切都容易了。”我喊道，“可是你根本就不懂鞋子，你这个愚蠢的人。你这个愚蠢、可怜、可恶的人！”

当我走到街上时，二月的寒风迎面打到我身上。铺路石砖缝隙里的冰已被漫漫长冬的污秽染成了黑色。人行道上没几个人。他们弯着腰走路，把脸藏在厚厚的围巾里。在路的另一侧，玛格丽特·利希特莱恩在身后拖着她的手推车，和刚刚开始飘落的雨打招呼。

回到店里，罗伯特正坐在收银桌后，整理文件将它们装入文件夹。为每一个事项，他都建立了一个专门的文件夹，并且用不同的颜色标记好：待发货物、收入、订购、客户抱怨投诉及索赔。罗伯特热爱他那些彩色的文件夹。

“刚刚怎么样？”他问，“你那么做了吗？”

他的脸上露出孩子般的期待，我恨不得一拳打上去。眼前这个男人让我怒火中烧，他那双白净的小手除了文件夹以外什么也应付不来，那双手每个晚上毫无用处，只会静静地摆在床单上。

“我……我想——”我开始说，但这时我就失去了对自己的控制。“是，我做了。而且我要做得更多！一个女人一生中应该还可以有很多作为，难道你不这么认为吗？”

我三两下从收银桌上抓起那些文件夹，拿着它们走出门外。风更加强劲了，斜抽着街道上空的雨水。我没有把文件夹高高抛向空中，也没用尽全力把它们甩到人行道上。我只是让它们从我手中掉落下来。我看着罗伯特笔迹的颜色在水坑肮脏的灰色里逐渐模糊。雨水沿着货品展示窗的玻璃成股流下，透过玻璃，我看到他和他脸上的惊骇。

那天晚上，我们一起躺在床上，我听到他在黑暗里哭泣。他肯定是双手掩在脸上，在对着掌心抽泣。以前我经常向往把哭泣的他拥入怀中。我曾以为，随着眼泪，我们之间会建立起一种超乎言语之外的理解。但现在我只感觉到厌恶。在我床上躺着的不是一个男人，而是一个用眼泪弄脏刚洗干净的枕套的小孩子。

出事那天，中午时分只有我们两个在店里。一束束颤动的阳光透过橱窗，落在蒙了一层薄灰的样品鞋上。除了罗伯特手中的钢笔在一个新文件夹的纸张上划过的沙沙声，一片寂静。我坐在一个试鞋凳上，往凉鞋上贴价格标签。空气中有皮革的味道。我还从未如此清晰地察觉到过这个气味。一切都被这个气味所浸染。甚至连寂静都是皮革味。罗伯特在写字。他手的动作从容而规律，带着一种可以渗透一切的无聊和单调。我从凳子上跳起来。

“我们走吧，”我喊道，“离开这里！随便去哪儿，去个自由自在的地方，去能放飞思想的地方。”

“鞋店呢？”罗伯特在收银桌后问。

“今天鞋店关门。”

我们开着车在附近转了一会儿。那天的天气晴朗温暖，只偶尔有云的影子飘过原野。我把车窗打开，呼吸着夏日的气息。远处保罗城休闲娱乐中心的圆顶在阳光里熠熠发光，在我信心满满的感觉中，忽然掺进了一种对人的渴望，渴望他们的声音、欢笑和音乐。

我们在停车场停下来，那是一片广阔的、明晃晃的水泥地面，只零散地停着几辆车。当我下车迈进阳光里时，一个念头从心底油然而生——我迄今为止的生命不过是一场令人错愕的误会，而我现在感到如此幸福、自由，甚至想要甩掉脚上的鞋子，在滚烫的水泥地面上跳舞。

罗伯特不想一起去。他说他宁愿留在车里等我。我心里涌起一波愤怒，但这时我看到了他放在膝头的小小的、紧张的双手，我的怒火又平息了。我用双手捧起他的脸，在他的额头上亲了一下。我已经很久没这样做过了。他的皮肤温暖湿润，我像亲吻一个小孩子一样吻他，为了道别，或是为了安慰他。

当我踏进商场时，里面清凉的空气让我吃了一惊，这与停车场上的炎热形成了一种不真实的对比。商场处处宽敞明亮。大理石地板和墙壁锃光瓦亮，一缕缕光柱透过高高的玻璃顶散落进来。一扇橱窗后站着一位年轻的女售货员，她向我这边看着。她就只是呆看着我，于是我继续向前走，经过了摆着几个栽种着棕榈树巨大花盆的的饭店，每张桌子上都放着瓷器摆件的冰淇淋店，装有各色灯光的喷泉，保龄球道，彩票站，以及充满各种叮叮当当、哔哔嘀嘀、轰轰嗡嗡响着的自动游戏机的赌场。

一个男人从我身边走过，他在向上看。他忽然停住，双手搭在眼睛上方。我看到他的肩膀绷紧，然后手垂下来，向后退。他慢慢倒退着走，脸依然朝着天花板。我不知道我为什么没有追随他的视线。我想我是在想象，拥抱这个男人会是什么样的感觉，也许我甚至就要这么做了，但他忽然转身奔跑起来。接着我听到了一阵声响，一阵快速增强的、沉闷的吱吱嘎嘎声。就好像空气开始震荡，并自行生成了这穿透一切的破裂声。我感到脚下一阵颤动。然后我看到地面晃动起来。我看到那个男人一个趔趄扑倒，脸上是充满怒气的惊讶。他踉跄跌撞，因为他面前的地面裂开了，他摔了进去，用手护着头，而且我看到，他的双手上满是鲜血。我听到一个女人的呼喊声。但她的声音随即便被空气的尖锐呼啸和假大理石的呻吟哀鸣吞没了，大理石像湍流上的冰块一样爆裂开来。我从眼角处看到有人快速跑过，缩着脖子、弯着腰、把外衣拉到头上作为保护。如果我跟着这个人跑的话，也许能逃过一劫，但是不知出于什么原因，我站在原地动弹不得。现在我看到了那个女人。她躺在一块从墙上脱落的石板碎片旁。她的膝盖蜷缩到胸前，脸朝着上方，嘴里嘟哝着一些我听不清的话。我抬头看向高处。这时，我看到，玻璃穹顶随着一声、仅仅一声沉闷的爆裂声破碎开来。就好像，在那至美的一瞬，天空爆裂开来，为迎接光亮打开了自己。

在我仰头看向那闪烁的玻璃碎片雨的一刹那——仅在下

一秒它们就划碎了我的脸庞，一个幻景展现在我眼前，这难道不奇怪吗？那是我丈夫罗伯特的清晰画面，他坐在外面停车场的汽车里，双手放在膝头，一双终其余生也不会有所成就的手。

罗伯特·亚维努

夜里，当她又悄悄溜下楼，去镜子前搔首弄姿，感觉自己像个风骚的法国女人时，我并没有待在床上，而是会坐到开着的窗户旁，在那儿我能俯看外面的街道，并终于可以自由呼吸。万籁俱寂，只能偶尔听到汽车轮胎的唰唰声；周围屋顶的轮廓耸向夜空，空气中是古老的、潮湿的墙壁的气味，尤其是在春天下过第一场暖雨后。

我还是小孩子时，我母亲就经常告诫我，永远不要后悔。她说，后悔不能挽回任何事情，不能使任何已发生之事变成“从未发生”，只会让灵魂负重，而且本来后悔就既无意义也无裨益。当然她是对的，但是我跟她不一样。通常我还正在做一件事时，就已经后悔了，当然这让我的生活不怎么轻松。

我第一次见到玛尔塔，是在市政厅广场上。她跟两个女孩一起来回散着步，一直在笑。我坐在一条长椅上，每次她经过时，都会把头转向市政厅那边，好像在观察市政厅的塔楼，或是钟表，或者不知道什么东西。那时我就注意到了她那不可思议的长脖子。它又长又细，让我发狂。我不知道该做什么，于是就只是那样坐在长椅上，我觉得自己显得很蠢，但估计我本来也就那么蠢。

我设法弄清了她住在哪里，有一天我站在那儿一直等到她出门。一开始她没有看我，只是从我身边走过。然后她又转过身来，说："你大概觉得自己特别勇敢，是吧？"

"不。"我说，"根本没有。"

"对你来说，可能多快都不够快吧？"

我盯着她的脖子。

"不知道。"我说。

"好吧，估计永远也不可能什么都知道。"她说，"但不论如何，可以努力试试，不是吗？"

"没错。"我说，"当然可以。"

"我们现在做什么呢？"

"不知道。"我说，"或许可以绕着这些房子走走？"

"你可真是个勇敢的人啊。"她说，然后我们就出发了。

不久我们就结婚了。我向她求的婚，我试着给她戴上戒指时，她一直看着我。她的眼神好像要钻进我眼睛里面。我开始怀疑了。戒指从我手里掉落，滚到厨房凳子下。她大笑起来，就在这一刻，我预感到，这大概是一场荒天大谬的开始。

她总喜欢谈论“爱”。可对我来说，“爱”既不是上帝的恩赐，也不是某一种努力的结果，只是众多词语中的一个。我对玛尔塔感兴趣，是因为我孤单寂寞，因为男人必须有一个姑娘。我娶了她是因为我想要孩子。虽然我还年轻，但我对人生几乎没别的企盼。

我都想好了，我要亲手做一个摇篮。装上弯曲的摇椅腿，还有丝绸的遮帘。我想象着，在我们卧室的黑暗中，听到这样一个小人儿的各种声音将是什么样的。玛尔塔说，我真自己做摇篮的话，肯定会把自己的手指锯断。她认为，我们两个是同一棵树干上两根分叉的树枝。但这是不对的。我们没有共同的根。我甚至不确定我们是否呼吸着相同的空气。数年来，我们并肩站在摆满了鞋子的货架之间，这些鞋子与我毫不相关，我们睡在同一张床上，坐在同一张桌子旁吃饭，透过同一扇窗望着同一条公路连接通道。我们的半生都在同一空间内度过，但我们没有真正接触过对方。

“我想要个孩子。”我对玛尔塔说，“人必须超越自己。”

“让我想想。”她说，“这种事得先想清楚。而且毕竟我们还有时间，不是吗？”

她总是说这种话。这种为了填补我们之间的空白，但毫无意义的话。

后来她怀孕了。那是一个我们两个都不怎么能解释的奇迹。

您最好还是坐下，护士说，还得等一会儿呢。我摇摇头，走向窗边。一棵树下站着一个男人，在拿着根棍子捅一堆树叶。一个小男孩从他身边跑过，欢笑着。男人停下来，就那么站在那儿，一只手拿着棍子，另一只手插在裤兜里。他头顶上方的树枝随风摆动。忽然间一切变快了。她大叫起来。她的声音听起来很陌生。她的头向后仰着，手指抠进床垫。助产士双手并用，肩膀耸起又俯下，现在赶快，她说，这时护士从房间里跑出来。你做得很棒，助产士说，你做得非常棒，继续这样。哦，天啊，她呻吟着，哦天啊，哦天啊，哦天啊。我摸着她的床单。也许我能……我说，但不知道还能说什么。她又呻吟起来，那是一声拉长的、高低起伏的哀号。我的手像一块木头似的放在床单上。护士又进来了。一个医生跟她一起。医生什么也没说，只是让护士帮他戴上手套，然后走向床边。房间里忽然很热。医生和助产士沉默地工作着，肩并着肩。助产士用拇指轻抚着她的脸颊，轻柔地在她耳边说着话。她触摸着我妻子的脸，好像这是理所应当的，或许确实是。现在可能会比较难受，医生对我说，您不必非得待在这儿。我寻找着她的目光。她闭上了眼睛。快点，医生边说边挽起袖子。护士抓住我的肩膀，把我推出了房间。这不是男人待的地方，她说，除非是男医生，她笑了笑，然后就不见了。一对年轻的夫妇坐在等待区。他们手牵着手，看着我。我去盥洗室洗了洗脸。我望着镜子，感到很羞愧。一时间我不能相信镜子里的人就是我，然后我离开了那里。那对夫妇已经不见了。我坐下，仔细听房间里传来的声响和喊叫，只能干等着。然后里面安静了。半天没任何动静。终于门打开了，助产士站在那儿。我很抱歉，她说，但她其实不必这样说的。过了一会，她的手搭到我的胳膊上：您想看看他吗？想，我说。他躺在一个浅绿色的软垫上。胳膊伸向两侧。脸很小。鬓角上粘着一道黄色黏液。眼睛隐藏在深深的褶皱里。我把软垫抬起片刻。比我想象的轻很多。我把目光转向她。一细缕头发贴在她脸上。一小块阳光在她额头上微微颤动。她把头扭向一侧，向窗外望去。

我没有责怪她。我没有逼迫她。我没有怜悯她。反正她好像也很快就把这件事忘了。“昨日的梦会消散，”有一次她说，“但每个夜晚都会带来新的梦，这不美妙吗？”听到她说这话时，我明白了，我恨她。我恨她的一切：她的声音，她的脸，她的微笑，我尤其恨她的脖子，那是漫画里才会有的过细过长的脖子。但我还是抚摸着她的头发说：“是的，亲爱的，这很美妙。”

她总认为我不懂得美。但这不对。我只是不懂她所理解的美。我对诗歌没什么概念，但当她让我读她写的一首诗时，我马上就知道那首诗一无是处。诗里讲的是一个旅行中的女人，一个胆怯的女人，穿着缀有亮片的裙子和白鞋，坐在火车里，感到自己暴露在一些陌生男人的目光里。那首诗没有节奏，没有思想，没有韵律，只是几幅走样而浮夸的画面。火车车厢里的亮片裙子！

在那些夜晚，当玛尔塔在楼下的镜子前来回踱步时，我坐在窗边想象着，如果没有她，一切会是什么样的。我试着想象自己将去某个地方，尽可能远，一个没有上班族的疲倦面容的地方，没有货架上的灰尘和皮革气味，没有女顾客愚蠢的问题，没有这个女人的梦想——那不是我的梦想。我坐在那儿，注视着窗外的黑夜，直到听见她踏上楼梯的脚步声，我便溜回床上，假装在睡觉。

“我们走吧，”她那天叫道，“离开这里！”她说着就从试鞋凳上跳下来，好像有什么咬了她一口似的。她满脸通红，这个突如其来的想法让她如此激动。我没什么好反对的。那时鞋店的生意早就不好了。说实话：已经没救了。

我们开车到新建的休闲娱乐中心，远远就能看到它的玻璃顶在原野上方闪闪发光。“我心里有一种那么强烈的渴望，”她大声喊着，“我希望身边有很多人！我想感受他们的温暖，听他们的笑声！”她对着停车场的水泥地喊出这些话，只有几辆汽车停在上面，在炎热中如煅烧般发光发亮。

我说：“你自己去吧。我没兴趣。”

“你当然得一起来。”她说。

“不。”我说。

她眼里闪现一丝狠毒。有那么一刻，我想，她肯定会扇我一耳光。

“你可是我的丈夫啊，对吧？”她问。

“是。”我说。

她点点头，从汽车边走开一步，但马上又转过身来，我想：现在她一定是要扇我了。但这时发生了出乎我意料的事。她用双手捧起我的脸，在我额头上亲了一下。她的嘴唇又冷又干。我觉得自己像个白痴。她走开，然后又一次停下。有那么一会儿，她站在阳光里，微微抬着胳膊，好像在跟一个隐形的人说话似的，又好像她重新变成一个小女孩，就要开始翩翩起舞。然后她便消失在入口的阴影中。

热浪透过开着的窗子涌进汽车里。我坐到方向盘后，发动了引擎，慢慢从停车场开走。在公路上，我踩下油门。汽车行驶带来的风很舒服，它扫过我忘在后座上的文件夹，里面散装着的几张纸在后面四散飞旋。我打开收音机。我不知道正在播放的音乐是什么，但它很不错。在后视镜中，我看到休闲娱乐中心的玻璃顶沉入丘陵起伏的地平线下。我不再想她。也许我在想公路，它就那样在我眼前的风景中延伸开来。或者是在想方向盘，它震动着，摸起来有一点黏糊糊的。但是，其实我根本什么都没再去想。

索菲亚·布莱尔

白痴。

赫里伯特·克劳斯

清晨。街道湿漉漉。树上滴着水,树下已有了秋天的气息。阳光，好似被人洒在屋顶上，现在正沿着烟囱、屋檐和墙壁往下流淌，像黏稠的金子。鸽子的咕咕声和扑扑振翅听起来很陌生。太早，头脑还不清醒。不要想，只管用力去蹬脚踏板，路很长！双腿还是僵的。天气很冷。自行车很重。钢的，得结实经用才行。挎包满满的。到处都是铺路石。一座老城。老房子。老街道。对市容有益，但对邮递员很糟。专心蹬脚踏板吧，很快就比较容易了。只有开头是难的。开头和结尾。

从莱纳街骑到托马斯街，进入了白天。一扇扇窗户反射着光。天空那么亮，刺得眼睛疼。穿过凯尔纳广场，路过最古老的大树。树干空心，宽度正好能藏下三个小孩。郁金香。青草。地上的洞。也许是一只狐狸。可能是在外面的原野上觅不到食了。幼儿园。墙上斜斜歪歪画着动物。长颈鹿。大象。老虎。河马斜视。秋千杆上晨露闪烁。草地上有一顶帽子，像是一朵黄花。

卡萝莉内街。科恩路。布吕肯街。送信之旅从三号开始。没有一号和二号。没人知道为什么。

小女儿好吗？哈勒尔太太在篱笆边问。皱巴巴的脸，但总是很友好。四下拉拉拽拽晨袍。总是这一件晨袍，从来没有其他的。眼看着它这些年从饱满亮丽的大红色褪变成惨淡的鲑鱼粉色。医生怎么说？哎，自然不希望这样。但又能做什么呢？我自己的早就都离开了。离开我的怀抱，离开这栋房子，离开这一切，就是这样。但您的还小呢。这真让人难过。啊呀，要走了？当然。祝您度过美好的一天。明天见。明天见！

布吕肯街是最好的街道之一。只有老人，信件很少。现在空气已经暖和了。街道在太阳下伸展开来，不久前才铺的柏油，马上又裂开了。深黑的裂缝。破洞。沟壑。保罗城没有钱。没人有钱，但不管怎样，总能闻到咖啡的香味。面包、香肠、蜂蜜和可可的香味。肥肉和油腻的煎蛋的味道。卫生间的浊气和香皂泡沫的气味。透过开着的窗，掠过晾晒的衣物，房子呼出夜晚的残余。在下面，抖落的梦躺在草中。谁说的这句话？你自己？难以置信。街道尽头，哈勒尔太太依然站在那儿，花园篱笆旁的一个鲑鱼粉色的斑点，挥着手。

要避免交谈，一定。别人的寂寞不是你的寂寞。瓦尔特曾说过。他在邮局工作四十七年，只病过一次。肾绞痛。卧床两天，用了腹部绷带和蓟草茶，然后就又出来送信了。后来，他教给小伙子们送信的线路。组织了邮政投递区的扩建，先改为两个，然后是四个。四个投递区，四名投递员，一名候补。如果你遇到难题，就去找瓦尔特。他总知道怎么办。如果他也没办法，那就不成问题。但后来有一天他心脏出了问题。在去邮局的路上就那么栽倒了，就在迪尔街七号门前，贴着长途旅行广告的那栋房子。

雷柏尔街。格赖纳广场。金月亮酒馆坐落在自己的影子里，好像它直接把阳光吞掉了。门口的人行道上有一个葡萄酒杯，装了半杯酒，酒中飘着几只烟头。酒馆里面还坐着三四个人。店主住在后面，他就是不肯放弃。

从格赖纳广场拐进哈尔伯巷。格莱姆街。维尔纳街。旧地基上的新房子，像嫁接的牙冠。七号房子的窗玻璃已蒙尘、模糊。从未见过一个人，但不时有信件，小巧的信封，上面写着浅蓝色的字。房前有一个巨大的建筑地槽，数年来里面一直有一台挖掘机，深陷进去，生锈腐蚀，挖斗伸展向天空。没有挖掘机在停工后还高举着挖斗。但这台就这样举着。九号门前的樱桃树，树荫下几乎辨认不出鲁道夫先生。他坐在那儿，长满斑点的双手搭在大腿上，眼睛红肿。外面这儿很舒服。空气清新，没什么可抱怨的。这树啊，是个老残废，但还结最多汁的樱桃。几乎熟透变黑，里面基本没虫子。您想要吗？那边有篮子。害虫来之前得摘掉。万物自然生长，人并不能占有它们，不是吗？

总是有小孩子。蹲在房间里。在窗帘后惊叹着。在草里爬着。坐直，用手臂支撑着自己慢慢站起来，滑倒，跌落，喊叫，号哭，欢笑，一再重复。他们很擅长。他们健康，对自己的幸福一无所知。有时是婴儿车里一张小小的、深红色的脸。或一只脚，那么小，让人觉得难以置信。还有大孩子。四处闲站着，抽烟。现在回忆又涌现：你也在这儿做过……，就是那里。在墙上。在矮树篱后。或者公交车站亭的长凳上。童年是“第一次”的所属地。继续骑。变暖和了。确切来说是热。但是还没让人不舒服。脸上的风。远远越过原野而来，带来焚烧秸秆的味道。又一阵回忆。赶走它。我的孩子。不要想。我的孩子。继续前进。穿过莫拉尔德路，到格林街，七个信封，没有广告，拐一个弯，终于到了：商业街。“生机勃勃的、永不停息的动脉”，市政厅陈列的城市宣传册上这样写着。保罗城的脸面。或者心脏。不论如何，所有的骄傲。但其实不过一条街而已，四百米长，最多。货车相遇，必须开到人行道上才能勉强擦身挤过。但也有一点是对的：永不停息——这里总有什么事在发生。街道那边，男装裁缝耶尔马茨从他的小店里走出来，打个哈欠伸个懒腰，然后半瞎似的在阳光里摇晃着，那么干瘪瘦弱，几乎没投下影子。裁剪裤子和西装，泡土耳其茶。世界上最浓烈的茶，他说道，笑着，连死人喝了都会站起来开始跳舞！现在他晃荡着走进勒姆库尔小餐馆。广场上最老的房子，在路边有露天座位，午餐四块五，含饮料。耶尔马茨必须当心，别让汽车或者紧跟在后面的自行车撞着他。骑车的是一名教师。典型的。车铃铛是干什么用的呢？估计心不在焉。可能是数学老师。满脑袋数字，才中午就已经在回家的路上了。另一方面，自行车比有轨电车好。本来也要在这里建有轨电车。最后没成。自然是谢天谢地。谁需要有轨电车呢，在一个走路从北到南只需要二十五分钟，从西到东不到二十分钟的城市？糕点咖啡馆已经没有空桌了。到处坐满老妇人。最精致的蛋糕，但是当然不健康。一切有趣的都不健康。生命从一开始就是一场健康大冒险。但这些妇人不介意。她们坐在自己的蛋糕前，显然精心梳妆打扮过，为了谁或为了什么，没人知道。她们的丈夫，大多数早已躺在对面“那片原野”之下了。几乎一个不剩。如今这些太太高举着她们自己的纪念品。衬衣，小外套，丝巾，像旅行箱一样大的手提包。脸禁锢在水泥般厚厚的脂粉内，白色、蓝色、紫罗兰色的头发吹得蓬松有型，上面一顶礼帽，一条头巾，一顶便帽，发针插着，打结绑着，帽针别着，帽钩钩紧。在街的另一侧，肉店老板布克斯特关了店门。血迹斑斑的围裙，鲜血淋淋的双手，疲倦不堪的脸庞。本来壮得像头牛的男人，肩膀早已不像从前那么宽厚浑圆。就干脆关了店门，在这个时间。也许没必要了。也许没肉了。又或许是没顾客了。确实听到过些风言风语。一位先生从黑山羊旅馆走出来。文件包，西装，礼帽，在这等炎热下。走进那边的施坦策尔面包房。一杯咖啡，匆忙点份便餐：一个三明治，黄油，香肠，黄瓜和煮蛋片，蛋片切得那么薄，透过蛋黄能看到些许绿色。或像是从蛋黄里面隐约发出些绿色的光。面包店里卖香肠，过去没有这样的事。戴礼帽的先生喜欢。估计没吃到黑山羊的早餐，或是不想吃那儿的早餐，在休息厅破旧不堪的沙发上办了公，或者在房间看了电视，现在得赶快上路，开车或乘公交车，把小三明治放在大腿上，到处都是鸡蛋碎屑。泰斯勒的五金店里传来轰鸣声和叮叮当当的捶打声。但随便邻居们对此怎样抱怨，去警察局告发或在市政厅上诉都无济于事。因为老泰斯勒和他女儿都是地方议会的成员。在下午，这轰鸣声与叮当声总是持续不断，据说是铁皮。

但是干什么需要这么多铁皮呢？在对面维特曼的葡萄酒馆里可能听不到。好葡萄酒。西班牙的。每一杯里都有太阳迎面照耀，维特曼太太说，即使在冬天。而她自己可一点儿都不阳光。一张脸更像石灰般惨白。已多次申请在街边待客的许可执照。但市政厅在这件事上一直固执，咖啡和啤酒可以，葡萄酒不行。塞俩目阿来库姆[①]！是这样说吧，对吗？蔬菜商。一个真正的保罗城市民。必须承认。与所有经过的人打招呼，给邮递员小费。蔬菜永远新鲜，像画的一样。警察局那儿有点动静。一个人走出来。四下张望。把手插在腰间。以前是个爱打架的地痞，现在是警察。他走到对面索菲亚·布莱尔的烟草店，拿了《保罗城通讯》和给孩子的口香糖。没付钱。布莱尔太太只是笑笑。他又回到警察局，反正依然无事可做。偶尔有打架斗殴。几个吃霸王餐的。有过一次疑似谋杀，但最后只是激情杀人[②]。不管怎样，最近一个信箱起火了。箱盖被拆开。墙壁熏得漆黑，直到屋顶下。此外就没什么事件了。保罗城安宁。不一定什么时候就会永远安宁了。最近才又去了一个。老科恩夫人，赫尔默街五号，蓝色大门，只有孙子

① 穆斯林常用的问候语，意为“愿您平安”。

② 在德国刑法中，对杀人案中的罪行进行细分，有杀人罪和谋杀罪两种。杀人罪主要适用于没有预谋的激情杀人，级别低于谋杀。

寄来的信。就在沙发椅上那么睡过去了，大腿上放着一个盛着酸黄瓜的盘子。还有沼泽泥塘里的那个孩子。你对此无能为力。人第一次想到死亡时，就已经开始死去了。听，现在安静了！泰斯勒店里在休息。他们坐着享受黄油面包，铁皮在冷却。市政厅上空已经有燕子在盘旋。但是为什么现在花店是关着的呢？连个牌子都没有。至少写上“今天没有鲜花”。那只能把广告从门缝下塞进去了。手指上能感觉到从里面吹来的一股冷风。格雷戈里娜。光是名字就让人浮想联翩。你不由试着想象她的样子。她的身材。她的头发。她的脸庞。能留下的只有面容，据说。但这根本不对。没有任何面容能留下。连自己的都不能。恰恰是自己的最留不下。

到魏因巷里，周围又安静了。这条巷子那么窄，连阳光都几乎照不进来。现在开始疲倦了。深呼吸。坐下来。在九号房前的台阶上。邮包的侧兜里有保温杯，冬天装热茶，夏天装橙汁。任何时候都带着饼干。已经有鸽子开始在前面那儿踱步了。阶石很凉，空气中有地下室灰尘和旧时光的味道。不要想那件事。不要想家。不要想上面的房间。不要想窗帘、床、被子、枕头。那张小脸，看起来好像越来越小。脸色苍白，比洗干净堆叠在旁边的被子、枕头和毛巾还要白。那只小手。那么轻，仿佛是纸做的。现在站起来！给鸽子一块饼干，然后就得继续前进了。只剩四条街了。但最后一段会很漫长。膝盖刺痛，肩膀里像是有什么错位了。会恢复的，医生说，但他根本不懂。医生一无所知。或者他们无所不知，只是想安慰你，这是最糟的。四条街。三条。两条。跟你疲惫的影子比赛蹬自行车。这不重要。你应该带点东西回去，这才是重要的。每天带点什么，只要一点小东西。一张纸条。一块石头，一块巧克力。把自行车停在魏克瑟街苹果树下的双停车架上，手举高，伸直，再高一点，那颗苹果就挂在那儿。正如我愿，大个儿的红苹果，中间一斑绿色。它必须是完好无损的。未受伤害的。继续，最后几栋房子。最后几封信。前面那儿就是终点。三十四号。黑色的木头房子，缝隙里长满青苔，一个塑料水池。四只戴着褪色皇冠的青蛙，但已经很多年没有水了。最后一封信。阳光透过树篱笆闪耀着。还有时间。回家就只有下坡路了。

海德·弗里德兰

如果我没记错的话，是六十七个。多一个或少一个也无所谓了。老拿着扫帚的那个男人不算。他无论走到哪儿，总是拿着两把扫帚。在金月亮，他把它们靠在吧台旁，每当他多喝了几杯——而这很常见——他就开始对它们说话。他叫它们查理和塔夫，有时候还用手指轻抚、梳理扫帚上的刷毛。他不算。

最后一个是一位退休的联邦警察。为了处理他去世的姐姐的事情，他在保罗城小住了一段。下午他总是坐在勒姆库尔小餐馆里，点一个三明治。他的八字胡已花白，面包屑常沾在胡子上。我们的爱情故事持续了一星期都不到，然后他姐姐的事情就处理好了。他走了以后，我们还写过几次信。我收到的最后一封信是他女儿写的：我想告诉您，我们亲爱的父亲……他一定想……毕竟您……之类。那之后就再无音讯了。

二十年前我也和一个留八字胡的男人交往过——他在黑山羊寄宿几天，然后就要去往国外。至少他是这么说的。他每天早上都会在镜子前站半个小时，抚摸、拨弄他的胡子。他的胡子特别丰茂，在他说话时上下抖动，看起来好像一个有生命的东西趴在他鼻子下似的。我真希望能再见到他。他的腿很好看。

然后还有个美术老师，一天在课堂上，他忽然变得很奇怪，往额头上横抹了一道油彩，接着从窗户跳了出去。教室在二楼，他摔断了双腿，而且他脑子里可能也有些什么被摔丢了，他大喊大叫着离开保罗城时，宣称自己是坐着白色马车的国王。

还有莱纳德，他是一个浪漫主义者，往床上撒玫瑰花瓣，赞美我的眼睛、我的额头等等。他是光头，每天都认真、谨慎地刮发，然后抹上香气浓郁的霜膏，再用一小块海绵使劲擦拭，直到他的头像一只玫瑰红的气球那样光亮。

赫尔曼总是与我去原野上。他说，他喜欢玉米地沙沙窣窣的声响，但我认为，他在意的其实是别的事。在回保罗城的路上，他总是哼唱同一段旋律。我从来没听出那是什么乐曲。我问过他几次，可他说，他也不知道。

罗兰德是我在冬天遇到的。他在街上奔跑，差点把我撞倒。然后他站在那儿，垂眼看着地面。他的眉毛上挂着几片雪花。我不知道他当时是否直视了我的眼睛。无论如何，我记不起他眼睛的颜色了。其实他根本没在我的记忆中留下什么，除了他的名字和他眼睛上方微颤的几大片落雪。我想，我用指尖帮他把雪花从眉头轻拂掉了，而那是他的劫难。

但大多数都在夏天。我喜欢他们流汗的样子，我也喜欢闻他们。在某些温暖的夏夜里，好像一切都那么轻松自在。可以把窗户大大打开，在小城的喧嚣中纵情亲热。

我不喜欢冰凉的脚。亨利的非常凉。他比大多数人都更花心思、更努力，但是无论如何都弥补不了他双脚散发出的寒意。挨到他的脚趾一下，就像碰到一阵扫过冰海的风，它出其不意地擒住你，一下子就把你的身体、你的床、你的整个房间以及你窗前的桦树、鸟儿和云朵都冻成泠泠作响的、脆裂的冰。

还有汉斯，他对我来说太老了。至少老到我不想再与他约会。他让我想起某个人，我不知道是谁，但我发誓不是我父亲。我有一点为他难过。他坐在床边，双腿已相当细瘦，脚趾甲发黄皲裂。他的背上长着长长的白色汗毛。他问了我三次，我是否介意他的白毛，第三次时我说“介意”。

最英俊的是弗雷德里克。我第一次见到他时，感觉他美丽得让我难以置信。他有着大大的、深色的眼睛，可是当他看别人时，总好像只是在照镜子。我从没见过他笑，一次都没有。他的心好似中毒了，后来他的肝脏也中毒了。我想，不是酒精害死了他。他毁灭于他自己的毒。

和拉尔夫的那段持续了差不多两年。他不是一个真正的男人，就是说，不是人们一般所认为的男人。我喜欢这点。他的男子汉气概的欠缺给了我一种奇特的安全感。尽管如此，他可是个律师。确切地说：他是保罗城最令人生畏的律师。在家里时，他躺在我身边，把他那细长的鼠脸埋在我的臂弯里，沉浸在他的羞耻感中。他说，一切都让他感到羞耻——他的所作所为，他的为人，甚至他的存在本身。这羞耻在很久之前就如一团雾般悄悄钻进了他的体内，从那以后，就缓慢而持续不断地瓦解着他的心。这是他自己说的。但在外面，他完全不同。他把数百人送上过法庭，不管他们是否罪有应得。在审判庭上，他们全都是他手中的提线木偶，而他站在那儿，冷笑着，是那个掌控一切的巨人。

西格蒙德本想成为画家。他用光了无数颜料，但从未能卖出一幅画。他曾送给我一幅水彩，画上什么也认不出。那幅画在很长时间里都靠在我门厅的衣帽柜旁，后来不知何时不见了。

克劳斯很难闻。我想他的胃有些毛病。有时晚上他会从他的书里挑一本为我朗读。若他坐在壁炉旁的沙发椅上，我得待在书桌旁才能忍受。

我本来想跟希尔玛订婚的。认真的。但他拒绝买戒指，于是我把他赶出门外。后来他迅速和糕点咖啡馆里总是浓妆艳抹的女服务员之一好上了，并在三星期后就娶了她。多年来，他俩总像一双悲伤的鸟儿似的并肩碎步急走在保罗城。我想，他先她而去。

库尔特是个梦想家。他壮得像头公牛，满身肌肉，手指甲永远脏兮兮的。但他的眼睛里好像映射着天空，大概连他躺在他那些汽车下面时（大部分时间确实如此）也一样。

保罗也不差。喝醉时，他说是他排干了沼泽地的水，顺便拯救了保罗城。我送给过他一张照片。照片是黑白的，上面是小时候的我，扎着小辫，一脸严肃。

我的初恋男友当时十七，比我大两岁。他身上的一切都散发着墨水味。他写既不押韵也没有任何含义的诗。他说，那是言词的雕塑。后来他在市政厅就职。他负责那里的取暖，有时会坐在门房里。

莱尼，哈根，维尔弗里德，维尔纳一号，维尔纳二号，赫尔穆特，汤姆，鲁道夫，克里斯蒂安一号，克里斯蒂安二号，克里斯蒂安三号，园丁，医生，那个小不点儿，拿公文包的小伙子，软绵白净得像面团的那个，还有那个从未被人看到过的男人。不可思议的是：一个还没走，下一个就已经等在那儿了。而我能给他们的根本不多。我甚至不怎么漂亮。但在根本上，女人的外貌对男人来说无所谓。他们只想自我感觉良好，仅此而已。

其中一个拯救了我。我不记得他叫什么了。不论我怎么努力，我就是想不起他的名字。他拯救了我，因为他离开了我。

约纳坦很虔诚。最初他总是滔滔不竭地说着关于上帝的事，然后我告诉了他我的观点，他才不再以此烦我了。其实暗地里我很羡慕他。他去教堂，而等他回来后，教堂花窗的光好像依然笼罩在他的脸上。神父把一切烧毁后，约纳坦在我床上躺了三天，一动不动。然后他站起身来，我们的关系也就此结束了。

奥斯瓦尔德的双臂修长有力，但他不知道该拿它们怎么办。它们在他身体两侧晃荡着，就像是缝在他肩膀上似的。而手臂很重要。它们不必非常有力，但是它们必须能抱住你。你可以躺在一个男人的怀抱中，却感觉到极致的孤寂。而他紧紧抱着你，自我感觉相当良好，因为他的内心像火炉一样暖洋洋。但这份温暖却一点都不能渗透到外面，你全身僵冷不适，身体越来越蜷缩成一团，直到在他的臂弯里缩小成一颗坚硬冰冷的玻璃弹球。然后又有一个男人用双臂环绕住你，这接触就像是回忆。这样的怀抱像原野上的夏日般温暖。大多数男人的怀抱对你来说什么都不是。而有些，你会想住在其中。

有一个一股烧焦木头气味的。还有一个在向我求婚时扭伤膝盖的。一个总是吹着《鸽子》[①] 曲调口哨的。一个胖到几乎爬不上楼梯、躺到地毯上半天还在气喘吁吁的。还有爱德华。还有汉内斯。四个马丁。还有海涅尔。海涅尔的父亲。格哈德。布尔克哈特。还有弗里茨。还有那个养了一只三条腿的狗的男人。他和狗相互憎恨。我想，在狗还是幼犬时，他打掉了它的一条腿。后来狗咬烂了他的小臂。据说他和狗并排葬在一块墓里。我的一生中出现过相当多的疯子，不知为何，我好像吸引这些人。我的母亲有一次说，每块地里都有几根走形的萝卜，但它们味道都一样。

---

① 西班牙语民歌《鸽子》（*La Paloma*）由西班牙作曲家依拉蒂尔于 1860 年代谱写，在多个国家被一再重新演绎，有超过一千个版本，是音乐史上录制次数最多的歌曲之一。

你不是疯子。你甚至半点儿疯狂都没有。你既不帅又无趣，其他方面也不显眼。你是正常的。我从来没想明白，你怎么会出现在我的生命中。你说，来，我请你吃冰淇淋。而那时甚至还没到春天。然后我们一起回了你家。也没什么特别的，你的柜子里挂着十件浅蓝色衬衫。我不知道为什么我们又见了面，也不知道从什么时候开始，一切变得不同了。你第一次说那句话是什么时候？我第一次听见又是什么时候？我开始用尽全力去打动你，又是什么时候的事？好吧，也许只是因为孤单寂寞。也许是因为你的双臂。我也不太确定了。你知道吗？如果你知道，就把它当作一个秘密，不要告诉任何人。向我保证，你不会告诉任何人！

费朗兹·施特劳拜恩

一栋房子。四层楼。四十八级台阶。一个脚垫：欢迎回家。一张桌子，桌子的孔洞是原来生长树枝的地方。两台电视机（其中一台是黑白的）。一幅画着大海、云朵和渔船的画。另一幅上画着野花。二十二个文件夹。一个盒子，装了三百张照片（大约）。九扇窗，没挂窗帘。三根天线。一副鸟骨架。唯一一次望向远方的目光。零下六度，暖气又坏了。一只浅蓝色的瓷杯。四道若隐若现的纤细裂痕。一大堆碎片。二百五十平方米的花园。八十平方米的水泥地面。三辆汽车。六份保险。没有给付。十二次进医院。十七位亲戚。三个女人。一份真爱。一个儿子，不认识我。六十八岁零三个月。市政登记册中的一项记录。一个名字。两……

卡尔·约纳斯

“要下雨了。”我们抬起头，看着滚滚而来的大片乌云。乌云的影子投在父亲的脸上、房子上、房后平阔的大地上。我以为，原野会就这样永无止境地伸展下去，而一切都属于我们。那时我五岁或六岁。我们继续默默干着活。父亲驾着后面拉着收割犁的马车，年长的男人用耙子和锄头把土豆从泥土里翻出来。我们小孩子和女人把土豆捡到筐子里。我们都满身大汗，尤其是那几匹马。空气潮湿闷热，沉甸甸地压在大地上。然后开始下雨。我们向房子跑去，我拉着母亲的手，笑着，因为大颗温暖的雨滴噼里啪啦砸到我额头上。我回头看时，父亲仍站在田里。他握拳紧攥着缰绳。他的脸仰向上方，雨水沿着他的面颊往下淌。

后来在餐桌上他大发雷霆。他咒骂暴雨。他咒骂我们的土地。他说这块土地不中用。它把水吞下，随便它喜欢时就又吐出。它一点也不坚实，不过是一块沙子构成的海绵，充满了泥沼坑，只有苍蝇卵能在上面茁壮生长。他一拳砸在桌子上。然后他沉默了，我们也全都保持沉默。在外面笼罩着原野的黑暗中，雨声沙沙。

曾经我们是四个家庭。我们共同开辟了这方土地。我们给土地固土排水，我们修建了水渠，后来铺设了管道。保罗城就建在我们的土地上。我们家族的姓氏，比城里任何一栋房子都更古老，比任何一块铺路石都更久远。每年春季，当水从土地里升起把地下室淹没时，总会从泥土中挤出几块老骨头。母亲说，保罗城下面埋着的骨头比石头还多。

有些夏天，又全然没有水的踪影。好像水已经永久地渗透到了地下。风在原野上扬起尘土，我们的脸、牲畜的背和机器的铁皮，全都蒙上一层灰。小孩子们不时看着对方笑起来。他们用手指在满是灰土的脸上抹出一道道印子，然后捧腹大笑。

然后水又来了。只要下几个小时的雨，就能把我们脚下海绵里的水全部挤出来。雨云散去，泥泞留存。然后人就得在污泥里跋涉，靴子因沾泥而变得沉重，脑后跟着黑压压的苍蝇群。土豆上也沾满泥，比平时重一倍，但还不值平时一半的钱。

这块地不中用，但这是我们所拥有的一切。

父母渐渐变老，然后逝去，亲人一个接一个地告别故土。最后一个兄弟离开时对我说："你还留在这里干什么呢？在苍蝇把你吃掉前，一起走吧！"

我想：他们走得好。那属于我的地就多了。会有回报的。终有一天，一切会值得的。我买断他们的那份地，把钱付清，分别时祝愿他们一切都好。现在我是这块地的大农主。而且我可以很倔强。我一趟趟跑银行，直到得到我想要的。我买了机器。我雇用季节短工。我把旧沟渠填埋起来，铺设了排水设施。然后我扩建了房子，盖了两间车库，一座巨大的储粮仓，还盖了一座能养五百只火鸡雏的铁皮大棚。我买了一身深蓝色西装，去黑山羊参加茶舞会，并在那儿找到一个女人。她不能干活，但我们一起生了五个孩子，三个活了下来。他们也在某个时候离开了这里。如果一切顺利的话，他们应该都还活着。

"也许这儿的一切还能成点儿名堂。"我对妻子说。

"对，"她说，"肯定能。"

但她其实并不相信。而且她是对的。排水设施最初一段时间确实有效，但后来就又全淹在水下了，我们蹚过脚脖子深的小湖，土豆都在里面淹死了。有时又会有那么几个星期，一切变得干涸，大地龟裂，到处迸开棱角尖锐的裂口，没有可以挽救田地的水，一滴都没有。在这里，只有苍蝇季和尘土季。

有时候田里会裂开一个大洞。仅仅一个晚上里面就溢满水，第二天白天水又消失了。

饲养火鸡雏遭遇了惨败。鸡崽得了瘟疫，我们把打好疫苗的鸡赶到鸡棚另一端时，隔离用的墙倒了，场面失控。于是我们给所有的鸡又打了一遍疫苗。我想，它们不是死于瘟疫，而是死于疫苗。那段日子时运不佳。

然后我妻子也离开了。事情就是如此。我的妻子走了，我装作不在乎，也许我本来也真的不在乎。现在只剩下我一个人和我的土地、我的双手以及一座巨大的、空荡荡的铁皮棚，夜晚的风会使其歌唱。

对我来说,这都没什么。我坐在自己家门前,看着风吹过，心里有一种感觉——一切在我身上合而为一。我是我的父亲，我是我的祖父，我是祖父的父亲，我是祖父的祖父，我是祖父的祖父的父亲。我是这一长串人中的最后一个，也是第一个。在我脚下的土地里,根在瓦解,但对我来说,这都没什么。

我累了。

我知道，一切结束了。没人有力气能够使九十公顷的黏土和碎石构成的大海绵繁茂昌盛。从此，最重要的就只是关紧门窗，别让苍蝇飞进屋子。

一个炎热的夏季上午，他们来了。市长和另外两位西装革履的先生。我不知道那两位是谁，也不知道他们叫什么。总之就是两位身穿灰西装的男士，像烈日下的马一样大汗淋漓。远远的，我就看到那辆黑色大汽车颠簸而来，当车停下时，天空的湛蓝映照在挡风玻璃上。我们走进屋内，坐在桌旁。市长问："我们已经认识多久了？"

"据我所知，我们根本就不认识。"我说。

"肯定有三十年了。至少。这可够久的，不是吗？"

我观察着桌布上的花纹。都是些层层嵌套的小矩形。其他人好像也都在仔细端详桌布。我没问他们是否要喝什么，不是因为我没礼貌，我只是没有干净杯子了。市长清清嗓子，弯腰凑近我。他的额头上贴着几缕头发，仿佛他刚在雨中走过。

"让我们来场男人之间的对话吧，约纳斯。"他说，"我们来你这儿，不是来享受好天气的，因为这天气本来也不好，我说得对吗？"

"这得看情况，"我说，"完全取决于你想怎么看。"

"我们也不是来陪你度过这个上午的。作为市长，也许我应该不时这样做，只是没时间啊，你明白吗。时间像虚无一样流逝，一不注意，一天就已经过去。你还有多少时间呢，约纳斯？”

“您想要什么就直说吧，市长。”

他把背又向后靠，用手擦擦额头上的汗，说：“我想买你的地。”

“如果我是您，我不会这么做。”我说，“这块地一无是处。”

“对我们来说，这块地有用处。”市长说，“大小正合适，离市区也足够近，而且大路就从中间穿过。”

“什么大路？这儿没有路。”

“会有一条路。”

我真的不认识市长。我听说过他，我妻子跟我说起过他。她说，他跟他父亲一模一样：虚荣，腐败，贪婪，沉迷女色。也许她说的是对的，不过对我来说无所谓。现在他坐在我的厨房桌子前，流着大汗，不知怎的，这让我对他有点好感。我想某个柜子里应该还有几只干净杯子，能请他们喝些什么。

“我们不想给你添麻烦，”市长说，“我们想买你的地，没有别的。”

我站起来，取出几只杯子和一罐水，他们马上就把一罐水喝光了。我说：“一万。”

他们坐在那儿，裹在自己的西装里，被领带蹭得发红的脖子像火鸡似的，怔怔地盯着我。

“整块地吗？”市长问。

“对，”我说，“这块地不中用，除了沼泽坑之外什么都没有。”

“是，可能是吧。”市长说。

“而且，有时又是一切又干又硬，跟在风里磨光的砖头一样。”

“真糟糕。”市长说。

“所以，”我说，“这块地一万。”

“握手成交。”市长说。

“养鸡棚五十万。”

“什么？”

“养鸡棚五十万。”

“你以为自己很聪明，是吗？”

“不，我以为我相当笨。我只学过怎么从土里刨土豆，除此以外，就什么都不会了。但事情是这样的：你们出于某种原因想买我的地。我不知道你们的原因是什么，但显然它们足够重要，让你们在这样的酷暑中穿着漆皮皮鞋、系着领带来到我这儿。这块地不中用，但这是我的地。”

“还有水吗？”市长问。我又拿了一罐水，他们又喝光了。

“这水味道有些奇怪。”市长说。我不再说话。他开始尝试这样那样的方法。他苦口婆心地劝我，一会儿又恼羞成怒，试图威胁我，然后又试着跟我谈交情。但我就是什么都不说了。他放弃了。我们握了手。一切就自然而然地发生了。

搬进保罗城内时，我没有再回头。用卖地的钱，我在余晖养老社区购买了终身居住权。很合算，因为我又活了十五年多。我的房间很小，贴着黄色壁纸，上面有几乎看不见的纹路。壁纸上了浆，我用手指在上面轻轻抚摸时，感觉很好。我不喜欢出门，因为城市对我来说太过喧嚣，铺石路面太滑。我待在屋子里，就只是那么坐在那儿。我喜欢房间这么小。我过去的整整一生都在向远方眺望。我几乎不再想过去。我也几乎不想外面的世界。当我听说那起事故时，不由笑了。我为那三位葬身废墟的人难过，但我告诉了他们那块地的实情。它不中用。

白天还好，但夜里很难熬，在黑暗中，我毫无睡意。有一次，我突然感到害怕。一阵声响吵醒了我，我感觉，房间里不只我一个人。我确信我在黑暗中听到了别人的呼吸声。我从床上爬起来，坐到窗边的椅子上，但我没有拉开窗帘。又恢复了寂静。我把胳膊放在窗台上，头也枕上去。我就这样在那儿坐了一阵子，细细聆听着，然后我身体里有些什么开始破碎。我从椅子上滑下来，像一块干泥一样摔散开来。

苏珊·泰斯勒

“也就是说，把土豆切成丁，把洋葱剁碎，用指尖捏几小撮粗面粉，用黄油在烧热的平底锅里煎到焦黄。”亨丽埃特说。“可一定要用耐煮的土豆。而且必须切成丁。”她用坚定的声音补充道。

“等等，”我问，“为什么一定要切成丁？”

“看起来更漂亮。”她说。

“仅此而已吗？”

“仅此而已。”

亨丽埃特是一个爱发牢骚又自以为是的小老太太，她那容易勃然大怒或心情沉闷的倾向，仅仅因为年老体衰才没能得到淋漓尽致的发挥。她自己不这么认为。她称自己为“间歇激情者”。确实，根据她的心情，她也总能在一切中看到一些美好。甚至，在我们疗养院驻院医生的候诊室里——我们在那儿并肩同坐共度了许多时光——她看着原来大概是嫩绿色但现在已经褪色的墙纸，也猜度到了一种隐匿的美。“您看到那边上面的葡萄卷须了吗？”我们第一次在候诊室见面时，她问我，“那是卷须，对吗？还是应该称之为‘葡萄藤’？”

“既不是卷须也不是葡萄藤，”我回答道，“不过就是天花板上的裂纹，这里真该尽快翻修一下了。”

“啊，现在我想起来了！您看到那连绵的起伏了吗？那波浪般的涌动？”她激动地叫着，“那当然是葡萄卷须！毋庸置疑。您叫什么？”

“泰斯勒，”我说，“苏珊·泰斯勒。”

“我叫亨丽埃特。只叫‘亨丽埃特’。姓氏我已经放弃了。随着时间的流逝，人会放弃一切。我们握握手吗？”

我们是差不多同一时间进的疗养院。我记得是我先到。那是春天，我窗前的小公园里，毛叶金链花与丁香正在盛开。我的房间宽敞明亮（现在肯定依然如此），窗外便是花园景致，有一个法式阳台，但只有晚上想冷却瞒着护士偷拿进来的巧克力时，我才使用阳台。疗养院允许房客带自己的家具和家居用品，但我不需要家里的任何东西。疗养院的标准家具配置对我已经足够：衣柜、书架、床头柜、桌子、两把椅子和一张床。床是金属材质的，可以通过脚踏杆任意升降并向所有方向倾斜。只要一动，床尾的床板条就嘎吱作响，不过床垫很软。我有一盏落地灯、一块床前小地毯和两只白色瓷花瓶。我总会特意在桌上摆两颗苹果或一些坚果。我从来不吃这些，但我喜欢观看它们，有时候我把它们从窗户里扔出去，看着它们咕噜咕噜滚过草坪，然后躺在树荫下，直到某个园丁把它们清走。

我什么也不缺。说实话，我很高兴我把旧物都留在了保罗城的家里，估计它们还会在积尘的静默中待上很长一段时间。物品早已丧失意义。亨丽埃特称它们为“我们一生的破烂”。

我们在候诊室第一次说话前，我已经见过她许多次。她身材异常娇小，总是穿着优雅，长长的银发在脑后盘成发髻，她自己称之为“雪球”。她身上的一切都有些歪斜走样：脊背、双腿、鼻子、双手。她的脸上布满细细的皱纹，在她的胸颈部——瘦弱纤细的胸骨正上方——有一个至少十五厘米长的马蹄铁形的伤疤。

在社交大厅里，她总是坐在同一个角落。她喝深红色的茶，膝上总是放着一本打开的书，虽然每个人都知道，她早已老眼昏花，几乎分辨不清人们的脸。我还记得，在我们最初几次见面中的一次，我故意使了一点小坏：我当然已经听说亨丽埃特弱视（就每个住客的健康状况和疾病问题而言，疗养院里没有秘密），尽管如此（或者，恰恰因此），我还是问了她腿上放着的书讲的是什么。让我大为吃惊的是，她把故事从头到尾讲了一遍。书里讲的是一位被野心冲昏了头脑的学者，以及他在炎炎荒漠中的探险。她讲得恳切激昂，但又十分详尽，连细节都描述得很精准，一直讲到故事的戏剧性结局。故事讲完后，茶都凉了。为此我真恨不得扇她一耳光。

"也是肿瘤吗？"有一次她问。

"肝上。"我回答道，"现在肾上也有了。"

"我的在脑袋里。"她说，"所有不健康的东西都从脑袋里开始。你来自哪里？"

"保罗城。"我说。

"什么？"

"保罗城。"我重复道。

"喔，我的天啊！"她拔修得很精致的眉毛的一边高高挑起，说道，“真的？”

她的傲慢让我恼怒，因为我喜欢保罗城。

那是我的童年和青春之地，我也这样告诉了她。她轻快地“刷”一下合上她的书，用她半瞎的小眼睛盯着我。“我知道，有时候我可能是个白痴。”她说，“愚蠢又自负。但是，想让我道歉，没门儿。你肯定理解的，不是吗，我亲爱的？”

消瘦弱小的亨丽埃特啊，到最后人几乎都变成透明的了：裙子下两根细木条般的小腿胫骨，抚在书脊上的树根似的双手，暗淡的、长满斑点的脸——看上去几乎比她脑后的雪球还要小了，颤动的、总是红肿着的眼睑，还有她的眼神，好像一天比一天更深地退缩进眼睛里面了。

“保罗城，保罗城，”又有一次她说，似乎陷入沉思中，“不就是当年那件可怕的事情发生的地方吗？”

“是，”我回答，“很恐怖。”

“本来想修建一条有轨电车线路，但是人们反对，不是吗？”

“什么？”

“那些傻瓜就是不同意！”

“哦，可能是吧，我不记得了。”

我们沉默了一会儿。忽然她又精神起来，在沙发椅上坐起来。

“你就想想看，”她说，“有轨电车！有电车的轨道，还有不断的叮叮当当声，还有电车带来的一切！”

“是的，”我说，“真恐怖！”

在大厅里和走廊上，人们凑到一起窃窃私语，有传言流出，说亨丽埃特是犹太人。一位护士小姐听到她说梦话了，虽然更确切地说，那不过是一阵含糊不清的嘟哝，完全听不懂说了什么，而且还混杂着她所剩无几的几颗牙相磨的嘎吱声，但护士肯定，她从中听到了几句希伯来语。我没参与这样的闲话。自然，我也可以直接问亨丽埃特。可我不敢。而且，是与不是又有什么区别呢？

今天我已经知道，野心勃勃的沙漠研究者的故事，是亨丽埃特在讲述时当场编造出来的。她有这种天赋。你永远不知道，她说的话里哪些是真，哪些是假。但是她把故事讲得那么好，无论怎样，就是让人想听下去。在我们这些女病友之间有一种竞争，那就是下午谁能抢着坐到她身边。多数时候我是最快的。诀窍是在亨丽埃特本人去社交大厅前就坐在那儿等。然后，我们就会并排坐在一起，她讲述她的故事，我听。在这个过程中，有时我们两个都会睡着。她打呼噜的声音会潜入我的梦境驻扎下来：化作陌生港口里船只发动机的咕嘟咕嘟声，化为森林里地面开裂时的升降起伏，或变成我父亲的鼾声，低声而粗粝，在某一所早已被遗弃的房子的黑暗中。

“我永远不会把外面发生的那些匪夷所思的事称为上帝的旨意。如果有一天我这么做了，那肯定是因为我吃的药，你明白了吗？”

关于过去，我们谈论得不多。最必要的信息寥寥数语就很快带过：住址、工作状况、丈夫（亡）、子女（无）、生活模式与信仰（变幻不定）。总之就是这些事情。我想，我们都认为自己的过去已详述完毕——过去只是褪色的照片、名字和日期，无法再充盈着生命。

我们更愿意专注于当下。我们谈论疗养院里的其他住客，聊护士小姐和医生，还有厨房的工作人员或者屋檐上的鸽子和花园里的碎石子路。有时我们会相互讲述我们做的梦。但我们最喜欢谈论的是食物。亨丽埃特喜欢吃浓郁又易饱的粗制便饭，我更喜欢精致的糕点，就像我在旧食谱中看到的那种。她想听听那些糕点的做法。她要我详尽描述食谱上的图片，具体到细节，并把配方尽可能完整地复述出来——这自然是不可能的，所以我也开始胡编。我说："你需要二百八十克黄油，一百四十克细糖粉，两到三个蛋黄，一小把磨碎的杏仁——像小孩的手满满抓一把那么多，一点儿柠檬皮，两百克面粉，自然还有果酱（最好是醋栗酱），你一定要把黄油、细糖粉和蛋黄用力地搅拌在一起，用力的意思可是真的非常用力，不然做不成，知道吗，所以要至少用力搅拌二十分钟，然后把磨碎的杏仁和擦成细末的柠檬皮撒进去，继续搅拌，现在就要加入面粉了，再用力搅拌几分钟，然后把面团的四分之一放进蛋糕烤模（不用往烤箱纸上刷油，面团里的黄油就够油了），把果酱抹在上面，然后用蛋糕裱花袋把剩下的面团挤到蛋糕上，挤成格子花纹，当然你也可以自己想一个别的花纹，反正这不影响味道，然后用还剩下的面团装饰蛋糕边缘，然后把它们整个推进烤箱，一百八十度，烤四十到四十五分钟，最后小心地把蛋糕从烤模里取出，再撒上一层细糖粉。"

"还要加糖？"她闭着眼睛问。

“对,”我说,“但是一定要用细糖粉，拿一个厨用筛子，一定要用筛子不可。”

“啊,”她说,“一个细筛网的筛子？”

“你能找到的最细的筛子！”

夏天就这样过去了。我们一起度过了美好的时刻。但回想起来，我首先想到的却总是一种忧伤的感觉。确切地说，我的整整一生，我回看时好像都隔着一层忧伤的薄纱。忧伤是唯一留下来的。但也许这并不是最糟糕的。很长时间以来，我都试着对自己说，人不会死，只是离开了这个世界。死亡只是一个词语。但这不对。

十月初，她已经虚弱到不能自己走去大厅了，于是我在她的房间陪她度过了那些下午。她的房间比我的还空，甚至连张桌子都没有，只有一把椅子。角落里有只手提箱。亨丽埃特说，箱子里装了信件和几本书，那是唯一对任何旅行来说都可接受的行装。她垫着靠枕半躺在床上，一个小小的、尖刻的女王，她看起来好像随时可能消失在自己的床上。可她又笑了，一口咬进她的迷你法棍面包里——颤巍巍的手指捏着，到摆在床头柜上的牛奶杯里蘸蘸。我们让人把报纸送进来，我读给她听。她经常为世界上正发生的事件开口大骂，而且斥骂时那么愤怒，那么大声，以至于某位护士小姐会咚咚咚地跑来，提醒我们安静。

“我能怎么办呢，见鬼，我就这脾气！”亨丽埃特大喊道，激动得直发抖。

她喜欢跟护士们找碴儿。当她身体疼痛时，或仅仅因为心情不好，在护士踏进房间那一刻，她就开始用最粗鄙的咒骂对她们大喊大叫。但她心里其实很喜欢这些年轻女性，她们像坚决的天使一般行动在我们这群鬼魅之间。在状态好的日子里，她甚至会恭维她们，赞美她们的身材、她们光滑的皮肤或者她们清澈纯净的眼白。护士们也喜欢她，不仅仅是因为她任何时机都散发小费。我们每个人都有钱，或多或少（我的是靠裁剪冲切铁皮挣的，亨丽埃特的——如她所说——来自“三段婚姻和许多的忍耐”），但她是不太一样的。她身上有一种特质……我对我的母亲没有任何记忆，在我还是小孩子时她就去世了，但我想她一定像亨丽埃特。

“嘘，安静！你看不到外面的云吗？从这儿看起来，它们好像只是在静悄悄、慢悠悠地飘动。但实际上它们正奔腾过天空，它们的周围到处都是咆哮、怒吼、轰隆声。树木已经注意到了，它们在向云鞠躬致敬。”

秋天不停向前，亨丽埃特失去了气力。她身下的靠枕已被移走，只有护工抱她起来时，她才能离开床。多数时候她都侧躺着，闭着眼睛，或者是把目光投向窗户，窗外十一月的冷风正把树上的最后几片叶子扫走。她几乎看不见了，但她自认为在寂静的夜里能听到树叶飘落的声音。我们依然喜欢聊天说笑。如今我已不记得，我们最后一次谈笑是什么时候了。

人们把她的衣服收入卫生间旁的储物室，现在她一直穿着一件真丝睡衣，睡衣在月光下微微发着光，好像它是晶莹的冰做成的。

人们把她跟一台轻声滴滴响着的机器连在一起，提高了她的药量。她几乎所有的时间都在睡觉，有时她会在睡梦中呻吟，呼呼地艰难喘吁。她的声音听起来扭曲而陌生，像是一个嗓子嘶哑的小孩子的声音。

我说不出我哪儿来的力量，在她床边守护了那么久。我想我有一种感觉：当我坐在她身边时，时间便静止了。房间里没有时钟，我自己也早就没有手表了。直到现在我才忽然意识到，我在疗养院居住的整段时间里，从来没有看见过一块表。时间好像已经变得不重要了。而另一方面，时间又是那么珍贵，不能仅仅用分钟、小时、天来计算。

有时我会握着她的手，她那枯瘪干瘦、满是褶皱的手。有时我会用手指抚摸她的头发。护士把她的发髻解开了，她的长发凌乱地散在枕头上。

有一次，她醒过来，抬起头。“你是谁？”她问道，声音清晰。我怔怔地盯着她。我感到这个问题很可怕。

“我不知道。”我说。

她沉下头，又睡着了。也许她刚刚根本就没完全醒来。我走回自己的房间，躺在床上，哭了半夜。

亨丽埃特在我住进疗养院九十三天后逝世，比我早二十六天。她是我六十七天的朋友。她是我一生中最好的朋友。

在她生命的最后几天的一个夜晚，我又坐在睡梦中的她身边。前一晚，医生们决定提高用药的剂量。每个人在生命中都必须坚持、挺过一些事情，主治医生说，但也不必超过必要的限度。几乎听不到她的呼吸声，但她的呼吸是平稳的。

我向窗外望去，光秃秃的树木指向夜空。她的手提包开着放在窗台上，旁边等距摆放着她的东西，好像有人试着整理过它们似的。一支口红，一只金色粉底盒，信纸，一个零钱包，一把指甲剪和一个细长的、有些磨损的皮文件夹。亨丽埃特发出轻轻的喘息声，忽然我心里升腾起一股愤怒。我生这个瘦小、干枯的女人的气，我在她床边守候了那么长时间，现在她却离我越来越远，只让我听到一阵费力的喘息。

我的愤怒消退得就像它来的时候一样迅速。她的呼吸现在又平稳均匀了。年老之后不变得可笑的唯一可能，就是承认自己的可笑，有一次她说。我站起来，走向窗边。在她的皮文件夹上，我辨认出了她名字的缩写：H. L.。我打开文件夹，里面装着几张纸、病历、各种证明和零零散散的一些纸条。最下面是她的护照。里面盖满了花花绿绿的印章。亨丽埃特好像在旅行中度过了整整一生。照片上的她是一位年轻女子。那时她也不美，但她齐肩的头发是黑色的，她抬着下巴看着照相机，有伤疤的胸口用一条深色的大围巾遮着。照片下是个人信息：全名、出生地、国籍、个人特征等常见信息。我的目光停在出生日期上。我呆住了，眼里瞬间涌出泪水。我感到眩晕，手紧紧抓住窗台才能保持站直。亨丽埃特比我小四岁。

我转头看她。她躺在月光笼罩下的床上，身体像是被雪覆盖着。我看不出她呼吸的胸部起伏，她身上的一切好像都僵住了，除了眼睛——它们在她的眼皮下倏忽转动，好像即使看不见，也在跟随我的每一个动作——我把她的东西放回包里，然后打开窗户，好让夜晚的空气流通进来。

彼得·利希特莱恩

“砰！”一声，我跑起来。我一旦开跑，你就没法拦住我。没有人能。我高大强壮，这点我很清楚。我明确地知道我要去哪里。穿过走廊，越过台阶，冲过院子，跑出大门，这儿我还只能算是在“跑”，可到了街上，我就是一阵风。灰尘我不介意。狗我也不怕。还有汽车，鸽子和那些挡在天空前，看起来好像还一直在长高变大的房子——我都不在意。我知道，四周有人，但我看不到他们，他们也看不到我，而且很快他们也就没了。但只有当房子在我身后看起来像碎石块一样小后，我才会慢一些。然后，我会让自己倒入草中，躺在地上，大地的心脏在我身下跳动。

当我静下来后，我就站起来。现在我可以慢慢走了，不必再频频回头看。也不远了。路过篱笆，攀过那条以前我还能从里面钻过去的老排水管道，然后穿过灌木丛，再穿过锋利的芦苇丛，这时我就已经能看到那些树木和池塘了。很奇怪：虽然我知道，外面这里的一切永在生长变化中——花开花谢、草木荣枯——但每次一切看起来都跟上次一模一样。

池塘是我的朋友。只是没人知道。我也不想让任何人知道。这是一个秘密。我是一个秘密。没人认识我更好。四周的泥土柔软、黝黑又湿润。但我有绝技：我拔起几把芦苇，把它们铺在地上，那便是我的床。

我母亲禁止我去池塘边。但我不听她的禁令。我总是去。在这儿没人打搅我，我可以就那样坐在那儿，看着想着，或者不看也不想，随心所欲。我母亲不懂。

我母亲很漂亮。她的脸大、手也大。有次她在浴缸里剖开一只兔子。它的血是黑色的，虽然我总忍不住想到它的眼睛，但它的肉还是很美味。我母亲喜欢谈论食物。于是我也就谈论食物，因为我知道她喜欢这样。我们坐在桌旁，谈论我们的面包。我们说，用刀子把面包皮上烧焦的部分刮掉，里面很松软。我们也谈论我们吃的肉。我们说，这些肉曾经属于一只动物，永远都不会完全属于我们。我们不聊食物时，我母亲也会说别的事。

我母亲说：

你的手怎么了？

现在去睡。

窗台上坐着三个天使。第一个的包里装着睡眠，第二个装着幸运，第三个照料前两个。

站到那边去。

打住。

不要生我的气。

亲爱的上帝根本就不那么可爱，魔鬼把星星吹灭了。

学业。土豆。那个男人。

就这一类的事。

水像兔子血一样黑。这正是它最美的地方。它又黑又静又深。我知道它有多深。它深到能吞没太阳。这儿也有蟾蜍。我母亲说，蟾蜍能带来好运，但我认为她根本不懂。如果饿了，那些蟾蜍肯定也能吃，但我从来没敢试过。我只是有时抓住一只,然后再扔进水里。它们的眼睛是黄色的。人们以为，晚上水面上倒映着星光。而我知道，池塘里的黄色光点是蟾蜍的眼睛。

我是一只蟾蜍。我有黄色的眼睛、黏糊糊的舌头和长满疙瘩的黑色后背。只有我的肚子一定要小心防护，我的肚子白白软软的，一根小棍子就能刺破它，然后生命就会从里面流出。苍蝇喜欢这流出来的生命。

冬天不是蟾蜍的季节。天寒地冻，树木像学校铁栅大门上的铁棍一样，纤细、光秃、黢黑。夏天更好。那时我可以随呼吸吸入阳光，到处都是嗡嗡营营的声音，苍蝇、蜜蜂和蠕虫是我的食物，我不用再给自己挖洞，不必再僵冷地坐在洞里，等待春暖雪融。

我不喜欢那扇铁栅门。我不喜欢校园庭院。我不喜欢那些长椅。那座钟。那些或明亮或沉闷的声音。呼喊叫嚷。轻声耳语。那里面我什么都不喜欢，但我最不喜欢的是老师。他们有灰色的脸和灰色的手，手还总是指着与我毫不相关的东西。老师爱对我说什么就说，只要我没兴趣，我就不做。或者，我压根儿就不去听他们说话。我能用自己不厌烦的想法堵住耳朵。

有一次，一个老师打了我，一巴掌直直地打到我脸上：啪！他不该这样做的。为什么他没立即把手拿走呢？也许他想抚去疼痛，但根本就不疼。无论如何，他的手还留在我脸颊上，而且他还用那样一种眼神看着我。这时我就一口咬住了他。没再放开。我也想的，但我松不开嘴。我的牙齿间嘎吱嘎吱地响着，他的血是甜味的，但又有那么一点咸。我知道他大叫起来，但我听不到他的叫喊。我想，后来有人抵住了我的下颚，用一个工具，或者别的什么东西，我也不知道，然后硬把我拖走了。一切早已过去好半天以后，当我又独自躺在池塘边时，我才感到抱歉。可是他为什么打我呢。他不该这样做的。或者至少应该早一点把他的手缩回去。

别人是别人，我是我。别人说得多。但他们懂得少。我并不认为我懂得多，但我不说那么多。当我独自一人时，我才最喜欢说话。

在家里就好多了。我可以坐在自己的角落，幻想各种事情。我想象很多东西，但我记不住它们。奇怪的是，那些东西在我的脑子里，而我同时也在它们当中。它们就在那儿，清清楚楚。但每当我母亲喊我时，它们就不见了。我知道，它们肯定是美好的，因为在那之后我有一种愉悦舒适的感觉。

我的母亲去工作。她走进一间大车间，把铁皮放到架子上，那些架子那么高，都够到屋顶了。她有一架高梯子。我也一直很想爬上那样一架高梯子，但我母亲不允许。很多事她都不许我做，因为她总是担心我。有一次她把我关在扫帚间里，仅仅出于担忧。我无所谓。我熟悉黑暗。黑暗是温暖的，边缘处发着光。我平躺在地板上，想象着各种事情，直到门又打开。母亲站在门框里，大哭着。她比平时看起来更美丽。她看上去像是教堂窗户上的一个圣人。但她在哭，这很糟。怎么了，妈妈，我问，到底怎么了？但她什么都没说，只是一直号啕大哭。她抱住我，和我一起坐在厨房的地板上。我们那样坐了很久，地板砖很凉，我看到柜子下一片残破的蜘蛛网抖动着。

最后一切都好。

我希望能看到一只冬天里的蟾蜍。在冬天，蟾蜍还活着，但又不是真正地活着。我想象它们浑身上下都是僵住的——四肢、肚子、头。它们的眼睛是冰冷的黄色石头。我想象着，它们血管内的血都冻住了，每动一下都会咔嚓咔嚓、嘎吱嘎吱地响。夏天时就不一样了，那时蟾蜍是鲜活生动的，它们的身体坚实又柔软。我总是抓住它们的一条腿。于是它们就悬在那儿，身体扭动、旋转着。我不会伤害你的，我说，你就放心继续转吧。蟾蜍什么都不说。我仔细看看它们，然后把它们扔进池塘里，抛起的弧线高高的，扑通一声，它们就不见了。

我顶着风跑。田地金黄一片，路边蝴蝶飞舞。我奔跑着，我的肺灼烧着，我想着母亲。她还不知道，因为我自己也还不知道。她是我的母亲。我是一只蟾蜍。风很舒服。我感觉不到自己的脸，我跑啊跑。树木伸向天空，我已经能闻到池塘了。水是黑色的、安详的。我躺到芦苇床上，等着。我等到太阳消失，等到我身边的嗡嗡营营、唧唧啾啾停止。夜晚降临了，但我不害怕。我想象着自己记不住的东西。然后，我站起来，脱掉衣服。我把衣服整齐地并排摆好。我不想让母亲生气。月亮挂在一棵树上。我走进水中，隐隐看见水面下自己白白的双脚。我继续向前走。水很柔软，我脚趾间的泥感觉很奇妙。我站住，仔细倾听。然后我让身体向前倒去。我感觉不到寒冷。我知道，如果我潜得够深，能在水底找到太阳。

安奈莉·洛尔贝尔

成为年纪最大的人，不是什么成就，也不是中了什么奖。一百零五岁死去，与八十五岁或三十二岁死去是完全一样的，这么长的生命的代价只是孤独。死亡对每个人来说都是一样的。只是那些站在墓旁的人还不知道。我曾多次站在他人墓旁，那感觉从来都不好。除非是春天，你与死者也不太熟，树木开花，小鸟啾啾。有时我会想象，树上的鸟儿是逝者的灵魂。一个美丽的想法，但当然是胡扯。

我一百岁生日时，市长为我颁发了证书，还送了一束花。证书上写的是什么，我不记得了。在花园里举办的仪式上，我是唯一被允许坐着的人，可以说，“坐下”提高了我的地位。我不记得有音乐。从前永远都有一个小乐队。没有乐队伴奏便颁发的证书基本不存在。但不知何时起，音乐失去了它的地位。在我的家乡，人们不是“说”话，而是“唱”。很动听。

虽然，说话时永远是那种唱腔，其实也让我挺烦的，好像人们要把现实唱没似的。

不过仪式还是挺不错的。

我一百零五岁时，没任何人来。甚至连我自己也并不完全“在场”。那时一切都只还在我梦中。梦能帮你承受灵魂之重，也可以抵制疼痛。

生日对我来说早就不重要了。只有死亡，我还想要去体会。我一直都好奇极了。

现在我知道死是什么样的了。但我什么都不会讲。谈论死亡是禁忌。死亡中蕴含着真理，但不可说。当然，撒谎是允许的，可我不想撒谎。无论如何，没人来接我走，我只是从生命中“坠落”了出来。正像人们会“坠入”生命一样，人们也会再从生命中坠落出去。有那么一个缺口，你只需要找到它。不然你就在黑暗中慢慢摸索，直到跌落进去。这样或那样，总会成功的。

起初我是个孩子。然后是个女人。然后又变成了孩子。那之间怎样，我全不记得了。无论如何，我是一个漂亮女人。有几分优雅。男人的眼睛总是盯着我的臀部，还跟在我后面跑。有些女人也这样。我总是更关注女人。她们更有趣，虽然男人更好闻，像动物，但我现在说不出是什么动物。

我们养过一只金丝雀。我不记得它的名字了，大概是与一位部长同名。一天早上，鸟笼开着，它不见了。也许它是去寻找树木了。几天后，我们发现它躺在窗帘后，又小又僵硬，依然是绿色的。我对妈妈说：看啊，它像动物一样有爪子！显然直到那时我还不知道，它也是动物。

在我从小孩长成女人的那段时间，是战争。在我房间里的五斗橱内，我保存着一小片炸弹碎片。那是在他们把爸爸的腿锯掉前，从他腿里取出的。我苦苦哀求爸爸把它给我，然后把它收藏在一个小盒子里。现在你把战争的最后残余关在你的小盒子里了，爸爸说。

他的脸我已经不记得了。在本来应该是爸爸的脸的位置，现在只是一片空白。或者是一团阴影。或者是一片明亮。只是再也没有脸了。

他留着胡子，这我还记得。或许，那只是当我做错事时，有时会悄悄爬进去躲在里面的树篱笆上的荆棘，然后他们总会把我从里面再拽出来，我身上血淋淋、赤裸裸的，像小耶稣。

我想知道耶稣是否也像我一样号啕大哭了呢？他应该被允许这样做的。眼泪是苦痛唯一的奖赏。

关于妈妈，我几乎不记得什么了，虽然她在我身边更久。她很温暖，这我还记得，像一个刚揉好的面团。她还收藏厨房刀具。那些刀也全放在五斗橱里，就在我放炸弹碎片的小盒子、擦碗布和一小尊圣人蜡像旁。我想，那尊小蜡像是圣乔治，他以基督的名义屠杀恶龙，所以他很能用得上那些刀。

我没有孩子，也从未为此懊悔过。自然，我会好奇，如果有那么一个出自自己的小东西向着未来成长变化，会是什么样的感受。但它没有发生。虽然男人都对我很好。其实我很奇怪，因为我对他们并不好。我不了解他们。我从没真正了解过任何人，甚至连我自己也不了解。最开始我太年轻。然后我太骄傲。最后，我太老了。人老了以后，虽然开始时不时领悟到些什么，但已经没有任何用处了。

男人不是我的需求。虽然有时我也会爱上他们，但我也爱上过市政厅房顶上的金鸡风向标，或者田间小路上的蝴蝶。我对蝴蝶的需求，所有男人加在一起也比不上。蝴蝶是治疗忧伤最好的解药。只有极少数男人是挑战，大多数男人只不过是讨厌鬼。他们都不复成熟，不再忧伤。

我倒确实认识过一个忧伤的男人，仅此一个。他很高，有着男人该有的尖膝盖。他戴着一副眼镜，镜片厚得像冰块。有一次，我戴上他的眼镜，半瞎地躺到他前面。当时他的心脏差点就要因为满满的爱炸裂了。这是他后来告诉我的。可能他本来是那个对的人。但在我尚未觉醒之时，他就早早谢世离我而去了。

到了一定年纪，人们会开始认为，人生没什么企盼了，但这是错的。只要人还活着，就总还可以做些什么。

但总体来说，变老是一件悲惨的事。唯一的好处是，人比以前轻了。因为最重的是思绪，而它们也在消失，越来越多，越来越快。很多东西就这么自己消散了。其实是一切。

我童年的回忆几乎全部消失了。只还留下些零星的对记忆的记忆。它们很美好。至少，它们没引起不好的感觉。

> 我的母亲，你把我赶到哪里去了？
>
> 我的父亲，你要拉着我去哪里？

这是一首歌吗？

我当然希望我的钱是自己挣的。然而，我是一个女人。而这也并不值得向往。作为女人，你必须一直戴着由化妆品与骄傲组成的面具，而这副面具那么沉重，把人都压倒了。化妆品和骄傲压着我的肩胛骨，直到它们从背上突出来，像是被剪短的翅膀。

我希望能像燕子一样轻快地掠过原野。或者至少像蝴蝶轻飞乱舞。在春天，它们活跃得像疯了似的。那景象美到让人几乎想要相信上帝了。不过也就止于“几乎”了。蝴蝶的美丽不需要上帝。它真实存在。

优雅于我并不是与生俱来的。我还是年轻女孩子时，常穿着母亲的舞鞋在镜子前来来回回地走。我的体型偏高大丰腴，其实就是笨重，母亲的鞋都小两号。来来回回。来来回回。我没有葛丽泰·嘉宝[1]或杰娅·伯布利科娃[2]的天生丽质，我的优雅是千辛万苦训练出来的，但对保罗城来说足够了。

有时候，我也希望自己会祈祷。“请帮助我，亲爱的上帝”之类的。但我总是又没有这么做。我从未跟他对话过，即使

①Greta Garbo（1905—1990），瑞典国宝级电影女演员。

②Thea Bobrikova，20 世纪 30 年代著名的俄罗斯超模。

在最窘迫的困境中都没有。对此我没有抱太大期望。

我还是小孩子时，简直是被拖进教堂的，不许反驳，也无须理解。那很糟糕。跪拜让我难以忍受。主要是因为屈辱感，也因为长袜上的污渍。忏悔时，我就编造故事。它们那么美丽又那么堕落，我应该把它们写下来卖掉，而不是小声悄悄讲进神父冰冷的耳朵里。我当然不是真正的罪人。我的罪孽事实上都是快乐。这对上帝来说反正本来也无所谓，因为上帝根本不存在。如果他存在的话，他就不需要尘世间的代理人了。一切存在都与人有关。上帝不属于人，所以他不存在。自从我这样劝服了自己，我就与他和解了。在我的一生中，我从没害怕过上帝。我的恐惧是另外一种性质的。

很奇怪：所有我认识的人，我都比他们活得更久。而那些活得比我久的人，我都不认识。现在我甚至不知道，这是否很可悲。我想我的幽默感已经没了。

事物会随着时间消失。那叫作遗忘。在一百零五年的一生里，我忘了很多事。但现在我知道，没有什么会真的离去。只是像旧照片一样，有些被放在某个角落，有些被遮住，有些被涂抹。我就涂抹过无数可怕可厌之事。大火与伤痕。讥讽与孤独。哭湿的枕头。许许多多扭曲失真的面孔。最终，还有自己缓慢迈向丑陋的面容变化。我把这一切都美化了，但也无济于事。

我还很年轻时，一个男人对我说：安妮[1]，你太美了，我想一直一直向所有人讲述你有多美，但我找不到言语来形容，所以我要把你的美丽保留给自己。这些话自然极其无耻，于是我对他说，我不喜欢他，他应该立马滚蛋。然后他就在市郊野外对着自己的脑袋开了一枪。但即便在做这件事时，他也那么笨。他没能伤及命脉，而是射中了视觉神经，从此就双目失明了。但一位护士小姐爱上了他，后来为他生了四个孩子。总有至少一个孩子挽着他的胳膊带他在保罗城里走动。他总是向天空仰着脸，微笑着。我们之后连招呼都没打过，但我认为，他是我认识的人里最幸福的。

归根到底，我对爱一无所知；对于生活，我只知道，人要活着。但现在我至少对死有所了解：它终结了渴求，而且如果你安之若素，也一点都不会疼。

---

① 安奈莉的昵称。

爱。战争。上帝。父亲。母亲。孩子。树篱笆与秘密。花儿和白色的恐惧。清晰的。明亮的。雪。远方的闪电和汤锅。再笑三次，然后就结束了。太阳。小船。鸟儿。死亡。

在生命走向终点时，很多事都变得那么没有尊严。其实是绝大多数事。打针与家政助理。药片与护腰带。用尽全力争取最后一点生机。然后就是每走一步都在身后扑棱扑棱散开的病号衫[1]。满是褶皱的屁股和临时编造的谎言一样尊严尽失。没有尊严，人什么都不是。只要还可以，人就应该自己争取尊严。但是，一旦来到终点处，尊严就只能靠别人赐予了。尊严在于别人如何看待你。

现在，我记起一句话。如果我没有弄错的话，这句话应该是我自己想出来的。这句话，即使不会永久流传，至少也会惊艳一瞬。本来人也不能期望更多了。

起初我是人，现在我是世界。

① 德国疗养院、医院的病号服多为背后系带。

汉内斯·迪克森

霍贝尔格神父一时兴起点燃他的主的家的那天，我写下了如下头条标题：《教堂燃烧，上帝永存！》。不是我写过的最好的，但这个标题也不错。那时我还相信事实真相，还相信只要人们心里怀有足够的愤慨，就可以让事物变得更好。后来，这种信念有一点丢失了。世界在改变，真相始终藏在现实之后，那份愤慨也渐渐退让于一种并不难受的听天由命的消沉。

在我上方两米半的位置竖立着市政厅能买到的最便宜的石灰岩墓碑，上面刻着：这里安眠着汉内斯·迪克森——保罗城市民、年鉴编著者。这当然完全是胡扯。年鉴作者一般总是蛰居在家，按照时间顺序记录事件；而市民要缴税。这两件事我都从没做过。

我是记者。更确切地说：我是保罗城唯一的报纸——《保罗城通讯》的记者、编辑、排版员、印刷工和发行人。

当回到家的不是我那去战场已五年多的父亲，那时我便已不记得他的音容笑貌，而只是一封用官方印刷体撰写的信时——信里讲述了他按照入伍时手抚军旗立下的效忠誓言、为了祖国的未来与伟大履行了士兵的职责，谈到不可取代的损失和真挚的同情——我悄悄躲到通往煤窖的楼梯后，写下了我人生中的第一封信。信是写给我死去的父亲的，我从没想过把信寄出去。又能寄到哪儿去呢？我把信装进信封，埋在我家花园里的醋栗灌木丛下。然后我走到外面的原野上，躺在一道垄沟里大哭起来，一直到我感到自己像我身下的大地一样干涸疲软。那是一个炎热的夏天，我十四岁。

我母亲肯定是注意到了醋栗丛下的新土堆。她找到了那封信，从头到尾读了好几遍后——这是她后来告诉我的——她把我叫进厨房，到她跟前。她坐在凳子上，上下打量着我。她眼神中的一些什么变了。我感觉到她眼神里的无限悲伤，但是，那里面又有些别的什么，让我感到振奋。我以一种奇怪的方式感到自己强大而有力，尽管我同时也为这种感觉而羞愧。母亲双臂交叉着抱在胸前。有一小会儿，厨房里一片寂静，然后她突然说："你曾是我能想象到的最棒的孩子。"

我很吃惊，定定地看着她。她把手臂垂下来，放在大腿上。"但你已经不再是孩子了。"她说，"也许你还不是男人，但你也不再是小孩儿了。你是我的儿子，你比我能想象到的更聪明。你能思考。你能看到帷幕后面。你有能力，好好利用它们。向我保证，你会利用你的能力和机会！"

后来我知道，在战争结束后，她把我的那封信抄写了两份，分别寄给了跨地区日报的读者来信部和保罗城市政厅——"敬请我们亲爱的市长先生亲启"。市长那儿没任何回音，报社却把信刊登了出来，母亲把那一页报纸放在相框里挂在客厅的墙上，一直到她去世，报纸都挂在那儿，作为她的骄傲的标志，也是对我的督促：永远不要成为一个不如十四岁时的你的人。

那时我就了解到，几个表述优美的句子能给人以多么深刻的印象。我决定把我的一生献给写作。更确切地说，我决定把我的一生奉献给记录真相，虽然我也压根儿不知道，真相到底是什么。我父亲的死，我总觉得虚幻，像是一个天大的谎言。一个人被枪弹爆了头，躺在一条烂泥沟里死去，这与英勇壮烈有什么关系？如果一个人真的是不可替代的，就像中尉的信中写的那样，那人们为什么要把他塞在那样一条沟里？又为什么到处都在谈论祖国，当祖辈父辈早已只是精神错乱、身残体废，或者根本没能从战乱中归来？这些问题折磨着我，并抛出新的问题。我从来不敢问母亲的问题。我想向老师、向同学、向市政厅提出的问题，向随意一个行人提的问题，他还就那样随心所欲地走在街上，我父亲却早已丧命，不知埋在哪里的土地上。然后还有那些问题，关于我自己的。我是谁？我想成为谁？我究竟能够成为谁？

一个穿着短裤的十四岁的男孩决定向帷幕之后窥望。他想成为记者或作家，两者对他来说还没什么区别，总之要成为最顶尖的，或者至少成为像勒姆库尔餐馆摆的那些大篇幅报纸的编辑一样的人，那些报纸上的文章末尾都签着如 A. P. 或 K. T. 或 O. S. 之类的缩写署名。机会渺茫。其实他根本就没有机会。但他的脑子里揣着这些问题，而且他像一头老驴一样犟。

我参与了学生报纸的出版发行。校报每版出一百三十份，靠五名学生在蓝色复写纸和多重复写本上埋头苦干完成。我负责的版块为杂文，我在里面写课间打架或食堂一周菜单等话题。我总是在耳朵后面夹一支短铅笔，这让我有一种忙碌的感觉。我走过校园庭院时，其他人都既好奇又鄙夷地盯着我。“哟，迪克森，你又到处打探消息呢？”他们喊。这让我感到没面子，但又让我兴奋。

中学时代结束后，我到市图书馆去找管理员。我说我想办一份报纸，或许有人能帮到我？奇怪的是，她没有嘲笑我。她看了我一会儿，然后说：“跟我来。”

她打开烹饪类图书书架后面锁着的一扇小门，走下几个台阶，我们来到一间有拱顶的地下室。天花板上挂着孤零零的一盏白炽灯，照得我们的影子在墙面上晃动，墙壁看起来像是从粗粝的岩石里凿出来的。地板上覆着一层厚厚的灰尘。“那儿。”管理员说着，指向一个角落。在锅炉和一堆堆破书之间，矗立着一台巨大的、黑色的机器。

“你觉得，你能用得上它吗？”

“能，”我说，“我想应该可以。”

那是一台科尼希鲍尔牌的滚筒印刷机，以前的社区新闻就是用它印的。它已经超过一百岁了，僵封在润滑油和灰尘构成的混合物里，我用了将近一年才让它重新运转。当它终于以正常的噪音平稳运转起来，最初的几页纸从滚筒下咔嗒咔嗒传出时，我欢呼起来，我喊叫得声音都变了，屋顶上都落下了细细的粉尘。

两个月后，在我十九岁生日不久前的一个冰冷的冬夜，我第一次排出了我的新报纸的名称：《保罗城通讯》。字体是瓦尔鲍姆尖角体，半加粗，二十四号字，源自一八一二年。在白炽灯的灯光下，我呼出的雾气在我看来像是新时代精神的化身。

这份报纸我做了三十九年，聘用过很多员工，那些至少短暂有过足够激情以相信文字力量的人：退休人员、家庭主妇、辍学学生、临时工、机械工程师、失业教师、懒汉、笨蛋、天才。他们来了又去。我一直都在。

三十九年。

有人说，在回首往事时，时间会显得很短，但这并不对。三十九年是很长的一段时间，也让我感觉很漫长。我做了力所能及的一切。我印发的报纸，与外面的世界毫不相关，一切都留在保罗城之内。但这没关系。每个瞬间都蕴含着从古至今的全部时间，商业街里的橱窗映出的是整个世界。最开始，我订了一份《纽约时报》。我想知道别人是怎样做报纸的。报纸是邮寄来的，总会在发行日的一周后才到。但重要的不是时效性。想要做到实时的人应该去照镜子。新闻讲述的总是已发生之事。

美国人做得很好，但他们也并不比我更好。人们的行为都是一样的。有区别的只是行为产生的影响。而那也会随着时间而减弱。

您想听个故事吗？您边听边记吧！是关于有轨电车的。三站。两头终点站，中间一站是市政厅广场。从东北到西南，再返回。这是进步。反对的人，见识短浅。人该听“一些”意见，但“很多”不必听。可以坐观其变。毕竟市政厅不是垃圾桶。只有那些愤世嫉俗的人才会一直疾呼呐喊。只有边缘人士才总是斥骂诅咒。但是，当然了：必须实事求是、实话实说。这事关我们自己。这事关未来。这事关一切。街道上的坑洞是无碍的。可以忍受。只要冬天里面填满水，洞就会结冰冻住。夏天孩子们可以把纸船放在里面玩。多美好啊。一切都有它的优缺点。过去的年月并不更好，只是不一样。一切都在改变。一切都在流动。一切都要花钱。财政预算里的窟窿比街道上的窟窿大多了。我们的财政窟窿比郊外的沼泽坑还大。听起来不错。您记下了吗？这只是一个建议。一个启发。政治不能给媒体规定什么。没人能给别人规定任何什么。人们大多数时候本来就说得太多。而且说的是错的，是与事实相去甚远的。学校翻修不在日程上。什么都不在日程上。募捐资金的事也不在。顺便说一下，根本就不是那么回事。一些事被夸大了。很多事被歪曲了。其实应该说是一切事。真相就像灼热的铁一样容易弯曲。事实是一个见仁见智的问题。有意愿的人会去打探了解。没意愿的人会被通知。这是各人的自由。您记下了吗？太棒了。您也做了侧记吗？有轨电车是一码事，布克斯特的肉店里的猪肉馅儿有毒完全是另外一码事。不能把事情搞混了。不能什么都一锅煮或一刀切。一切都有自己的时间。每个东西都有属于它的位置。不然会成什么样呢？稍等。这样不行。那是不对的。荒谬，而且危险。腐败没有名字。名字才会给人带来尊严。您看到躺在街上的神父了吗？他的后背看起来像烧焦的蛋糕一样了。您听说那个过世的男孩了吗？人们昨天从沼泽坑里把他拉出来了。您读了卡尔·约纳斯最后的遗愿了吗？他希望用他田里的土来填他的坟。听说在小山似的废墟堆里寻找幸存者和尸体的消防员了吗？您想想。您愿怎么想就怎么想。

您要去相信，只要您允许自己这么做。“相信”事实上就是“知道”。“知道”会成为“观点”。您记下来！

无名的孩子。丢失的光。布克斯特的最后之举。田间一位死者。三人命丧玻璃与石头下。废墟中市长的梦。市政厅的沉默。保罗城属于谁？那只红色女鞋谁的？一座多余的坟墓。修建街道的成本陷阱。没下台，但很多问题。凛冬已至！今载无夏！科别尔斯基周年庆！那是谋杀！那是杀人！那只是过失。市政厅广场上创纪录的尝试。这不是玩笑：公务员罢工！侮辱性涂鸦。阿布叔叔，安息！料峭春寒。抉择之秋。最后的茶舞会？今年还会下台吗？保罗城之大机遇。保罗城之大骄傲。震惊保罗城！保罗城最美花饰。抉择之夜。老人院的婴儿喜讯！李树下的邻里纠纷。

我的母亲去世了。

我的母亲去世了。房子里很久都还有她的气息。走廊壁纸上不时掠过她的影子；到处都是与她有关的声音：抽屉里的垫纸窸窸窣窣。咖啡杯叮叮轻碰。房间里她吧嗒吧嗒的脚步声，落在地毯上轻巧而柔和。随着时间的流逝，影子消失，声音也逐渐减弱或改变。门厅地板的嘎吱声和橱柜里碗碟的轻微颤抖都不再与她有关。我孤身独坐，聆听黑暗。

我是为你才坚持下去的。但一切都不一样了。那时在厨房里，我看到你放在大腿上的手拿着那封信。信纸沾土变脏了。你没有笑。而我多希望你会笑。我什么都不想听。我想捍卫我的童年。我想对着你大喊："我还是一个孩子，我希望永远做一个孩子。我想永远做你的孩子！"我没有喊。我是为你而做的一切。我做得够吗？我不知道。我希望，我曾看得更仔细。我又希望，我没去看那么仔细。我希望，你会为我而骄傲。不要生我的气。我向帷幕之后看了。最终，我撩起最后一层帷幕向里看去：那后面——什么都没有。我希望此生无悔无憾。这就是全部真相。

马丁·雷纳德

雨来得又急又猛。好像半个夏天以来积攒的水汇成一股滚滚洪流涌泻在这座城市之上。我们坐在汽车里，喝着啤酒听着音乐。汤姆在后座，凯特在驾驶座，我在她旁边。这是她父亲的汽车，她几星期前才拿到驾照。她说，如果她让别人碰方向盘，父亲一定会杀了她的。他会把她的头发绑在汽车后轴上，拖着她开过田间小路。她在这天穿了一件针织连衣短裙，两个小时前我还看到她大腿上的细绒毛在夕阳下闪闪发光。现在太阳早已落下，黑暗吞没了她的大腿，我们像幽灵似的坐在那儿，还没醉到真正觉得快活，这是星期六的晚上，街道、城市、整个世界都死气沉沉的，唯一动着的就是雨，敲打着汽车铁皮的大雨，形成宽宽的水纹沿着挡风玻璃往下淌。

“嘿，凯特，最近好像还看到你跟那个笨蛋在一起？”

汤姆问，“他叫什么来着？”

“唯一的笨蛋是你。”

“我忘了他的名字了。一个高大的家伙。手臂跟猴子似的。”

“你才是笨蛋。你还是个醉鬼。”

“我倒希望如此。”

“别招惹她。”我说。

“你又要干吗？”凯特说，“你认为我不能捍卫自己吗？”

“我不知道我在想什么。”

“是不是没有你们，我们女人连路都走不直了？”

“我从来没说过啊。”

“你们就非得每次都让人扫兴吗？现在可是周六晚上。”汤姆说。

我真想扇他一个嘴巴子，看他在后面蹲着的样子，一半脸在阴影里，啤酒夹在膝盖中间。总是这样。他挑起的事，我只是接句话，而最后一切都怪在我身上。但我们被认为是最好的朋友，大概我不想打破这个传说。一股劲风拍打着挡风玻璃，有那么一刻，我感觉好像有个很重的东西从天上掉了下来，就落在我们汽车上，就在这里，世界上最死寂的城市里最死寂的角落。

“夏天过去了。”我说。

“啤酒快喝完了。”汤姆说。

“我待腻了。”凯特说。

我们在附近开车转了一会儿。沿着连接公路出城向西。我们后面没人。也没人迎面而来。我们是唯一的光，是四下里唯一的活物。狂风沿着柏油路驱逐着暴雨，路边的泥土看起来像是在沸腾。

一个东西在我们前面冲过马路，紧接着是沉闷的“砰”一声。我先是被甩向前面，然后又被甩向一侧，一个坚硬的东西撞到我的胸部，可能是方向盘，也可能是换挡手柄，我也不清楚，有一刻我喘不上气来。然后我又坐直了。我还能呼吸，但我疼得要死，而且我的呼吸听起来很奇怪，一种空洞的、低沉的咕嘟声。我环顾四周。汽车向前栽在农田里。发动机已经灭了，但车头灯还亮着。收音机从汽车仪表盘里脱落出来，挂在电线上晃动着，传出沙沙的声音。挡风玻璃碎了，把灯光割裂成成千上万个拼图似的碎片。有什么滴到我手上，但不是啤酒。

“刚那是什么？”我听到汤姆在后面问。他还是坐在那儿，跟刚刚一模一样。但他脸上裂开了一道长长的口子，裂口底端往外冒着血，流过下巴。

“一只狐狸什么的，”我说，“肯定不是人。”

“你怎么知道？”

“太小了。而且这周围也没有人。”

“你的声音听起来很奇怪。”

“我知道。”

“你的衬衫怎么了？是血吗？”

瘫坐在那儿，将脸埋在膝头的凯特这时直起身子。“他会杀了我的！”她说，“他会杀了我的！”

“唉，别喊了，能修好的。”

“不能，”她说，“光看看收音机就知道！”

忽然车内亮了起来。一辆汽车呼啸而来，减速，然后停下。一个男人冒雨跑向我们。“你们还好吗？”

汤姆摇下车窗。“不好，”他说，“前面那个在流血，还发出奇怪的声音。”

“只是呼吸时。”我说。

“啊，天哪！”男人说道，目瞪口呆地看着我们。“你们在这儿待着别动。我去找人帮忙。”他踉跄着奔回他的汽车，急忙开走了。

“他会杀了我的，”凯特说，“他会把我们都杀了。”

“我需要一点新鲜空气。”说着我下了车。

“方向盘也毁了。”我听到她还在呜咽。

外面漆黑一片。现在雨已经没那么大了，我想象着，清凉的空气会让我好受一些。泥巴在我脚下吧嗒作响。每走一步，我的脚都陷入直没过脚踝的泥泞。当我确信他们不再能看到我时，我跪下来，开始哀号。感觉好像是有什么东西深深地插进了我的身体，事实上也是如此。我试着触摸衬衫下的那块位置，但只有一个湿漉漉的、怦怦跳的洞。我向前俯下身去，吐出一大口血。我把脸埋在地上，对着污泥喊叫。我想到凯特和她父亲。他会杀了她的。或者她杀了他。她做得出来。然后她会和汤姆一起逃走，嫁给他，等等一切。突然，我明白了一切。这整个就是一场游戏，而所有人都在跟我作对。他们把我干掉了。汤姆和凯特。他俩一起。主要是他。他将得到一切。作为胜者离场。

他比我晚一年到班里。当他站在教室前面轻声说出自己的名字时，就已分明，我们班的关系结构将会改变。这已经写在女孩们的目光里，她们为他发疯，痴迷于他那有点印第安风情的黑头发，他那长长的睫毛，光洁的皮肤，还有那该死的轻柔滑顺的声音。他分到了我旁边的座位，于是我们不可避免地成了朋友。但我们的友谊是存在落差的。这听起来可能有点蠢，但在他身旁时，有时我觉得自己像是一只哼哼唧唧摇尾乞怜的小狗。他能让人有这样的感觉。

天气好时，我们大家会去公园闲逛，或者晚上去墓园附近晃荡。我们喝啤酒，尝试从父母的小药箱里偷拿出来的药丸。我们把药丸按颜色与形状排好，再依次吞下。大多数时候什么都不会发生，但有时这还真能把人放倒。在我的记忆里，一直是春天。天气温和，有啤酒、药丸和一小团一小团飘荡、滑翔在空气中的羽毛般轻盈的白东西。我们两个都喜欢凯特。她在哪儿，我们就也在哪儿。也可能是反过来。不知道是谁先爱上了谁。我们都爱着生活。我以为，我不吃醋，但有一天我对她说，她不应该像个婊子一样对他投怀送抱。她只是闭上眼，把脸转向阳光。我想后来她告诉了他。

疼。感觉就像有什么东西随着每一个动作都更深地钻入我的胸膛。那么多的血。我想，现在从我嘴里流出的血比从胸口的洞里流出的还多。咕嘟声变成了一种沙哑的呼呼声。我是一只动物,这是我的声音。我爬进泥土里,用头钻一个洞。然后消失不见了。

有一次他吻了我。那次我们跟施威特尔还有其他几个人一起在墓园，我正躺在市长墓地的石板上，他忽然跪在我身体上方，对我咧嘴一笑。“干什么，你个混蛋？”我问，可紧接着他就把他那张濡湿的大嘴贴到了我嘴上。我要一拳揍到他脸上，我想，我要打断他身上的什么地方，再一拳接一拳地揍到他脸上，直到他不能动弹为止。但我没这么做。我什么都没做，只是躺在那儿，嘴里是他的舌头，一动不能动。然后他就站起来去拿啤酒。我装作这一切只是个愚蠢的玩笑，但其实我要哭了。

各种声音。呼喊，尖叫。我抬起头，回看路上。三四辆汽车停在那儿，至少。在警车和急救车警示灯的蓝光中，大地看起来像在蒸腾。警察混乱地交谈着。其中两个我看着面熟。一位消防员缩着头耸着肩从他的车里快速跑到事故车旁，又急奔回去。凯特站在救护车旁，肩上裹着一条毯子，在与一个男人说话。汤姆躺在车里的担架上。我通过他脚上的运动鞋认出了他。蓝鞋黄底。在光亮中的他们俩。没有天使。光是为所有人而存在的。还一直下着雨。但奇怪的是，现在雨滴坠落得极其缓慢。黑暗中闪现出的银线，像慢镜头。有人在喊我的名字。我没有动。他们关我什么事。我是泥土中的一只动物。*汤姆*，雨水在我脸上打出这个声音。*汤姆*。*汤姆*。*汤姆*。*汤姆*。*汤姆*。他的蓝黄鞋曾经是我的。他所拥有的一切，本来都曾属于我。现在我都不需要了。他们的手电筒晃动着穿透黑暗。就在我面前，冒出了那只狐狸。它把两只前爪僵硬地伸展开，然后卧到我身边，鼻子顶着我的脸。它对我低声耳语：就这样躺着，别动。他们找不到我们的。

琳达·阿贝里乌斯

I

我说不清为什么，但我确定：这是一座南方的山。山顶上有一座旅馆。一栋明亮的、开放式的建筑。朝向四面八方的视野都开阔。云层在下面展开，无尽宽远而洁白。是冬天。我们在这里已有一段时间了（数天？），我身边的人都是好人。但没有一张脸……

我感到一阵心绪不宁。那是离别的预感。我自以为在此有归属。但所属为谁呢？忽然间他就站在我身边。我们交谈。他的脖颈、他的头发散发出淡淡清香，他微笑着。我们坐下，我把双手放在膝头。我手指下的衣料凉凉的。他的解释友好，但也坚决。他垂头说着话。我没听到任何话语，但我都懂。

到时间了。大多数人已在山下。在这一瞬我明白，我又是孤单一人了。但其实很很简单，有人对我喊，他去房间了！

和她一起！他们俩现在在一起了。

之后，我脚步轻快地走下山路。山风冷冷地吹在我脸上。只有眼后滚烫。他们在上面，我身后的远处。

我爱你……

路边有个什么东西。它满脸灰尘，眼睛像是石灰岩里的两湾蓝水。忽然我感到剧烈的疼痛，这时我发现，我的左臂没了。它被从肩膀处拔出了。我开始充满惊恐地向山下狂奔。我闭上眼睛。疼痛慢慢消退，终于，终于……

Ⅱ

从夜的正中央发出隆隆声。寒星从天空如雪飘落。那个孩子躺在森林深处。你们不必费力了，我说，你们找不到他的……我心中略感幸灾乐祸。我把脸埋进一片温暖中，因为我知道:现在好了。现在不会再发生什么了。四周渐渐静下来。没有一丝风。我在你的腋窝中冬眠。

Ⅲ

这儿什么都很脏，男人挥舞着手臂说，又脏又臭，一片狼藉，不过却很有趣！我走到商业街上。街两旁的商店紧紧相排，像色彩鲜艳的盒子。让人真想把它们全部搅乱。“你是什么，保罗城？你的根基还没有市政厅的地下室深。而且老鼠已经在上面啃咬了！”有个人喊叫着，摇摇晃晃穿过碎石路。他是愚蠢的化身。我知道，但我无能为力。男人大笑。他的胳膊是离别的旗帜。从教堂广场迎面吹来烧焦木头的气味。这一瞬间我明白：这不过又是一个梦中之梦。不会醒来。

伯纳德·西尔柏曼

我能听到他们。我听得见他们在散铺着圆形小鹅卵石的路上的脚步声。我能通过脚步声分辨出他们是谁。我知道他们是谁，早在他们站在我的上方开始说话前就知道。

在他们张嘴前，我就知道，他们要说什么。

即使他们保持沉默时，我也能听到他们。我了解他们。

他们的脚步声。

哒。哒。哒。轻柔的，沉重的。哒。哒。哒。慢慢的，慢慢的，一切都需要时间。

对吗，卡米尔？

早上好，伯纳德。今天的清晨很美好。天气温暖。你得闻闻泥土的气味。它闻起来像是秋天。浓郁。又有那么一点烟味。

我能闻到泥土的气味，卡米尔，怎么可能闻不到呢？它们填满了我的头盖骨。但这下面没有烟味。只有泥土味，有时潮得厉害，有时不那么潮。

也许只是空气吧。我想，西南门那边正在烧树叶呢。在这个时节他们总是这么做。死亡是什么气味的呢，伯纳德？

死亡闻起来像盐。你带了花来吗？你知道，我不喜欢花的。不过我还是很高兴。你是在格雷戈里娜那儿买的花吗？她的花店还在吗？不，你偷的，是吧？太阳还没升起，你就偷偷溜进了城市公园。雷克尼耶尔等会儿就会发现那些折断的花茎，然后会因此发飙。把花儿放下吧。再用手指抚摸一下花瓣。那对你有好处。你是个小偷，卡米尔！

真奇怪，但只要走进墓地，天气马上就变了。这儿几乎没有风，即使在阴天，这里的一切也看起来明亮又开阔。甚至连下雨时，这里也比保罗城里漂亮。雨滴无声降落，会被泥土吞没。你们这儿很安静。

天空是什么样的，我早就忘了。我们这里一点也不安静。

恰恰相反，到处都是声响和声音。抓挠、啃噬和刮刷的声音。不仅是动物发出的。甚至植物的根也会制造噪音。有时候还有轰轰隆隆的声音。轰隆声来自地底深处，慢慢增强。真想蜷缩成一团躲起来，但已经没有什么能蜷缩的了，而且轰隆声也会逐渐消散的。没有安静。哪儿都没有。

哎，你看啊，野草都钻进墓石了。这墓板还不便宜呢。能用几代，石匠是这么跟我们说的，你还记得吗？当时他得扯着嗓子说话，因为他懒得关研磨机。

他就是个骗子。一直在那儿大喊大叫，脸上粘满大理石的灰尘。他们全是骗子和罪犯。他们露着金牙，拿着小抹布擦着他们的引擎罩、门把手和墓碑石板，跟你大谈品质和身份，这时你就已经掉进陷阱了。你在那儿做什么呢？不要抠刮石缝了。没用的，你只会把你的指甲弄坏。它们还是红色的吗，卡米尔？你的指甲还是红色的吗？

那时还有一块石板的，更漂亮。也更贵！上面有着精致的、微微发红的纹理，把手掌平放上去时，那石板像木头一样暖。产自意大利。还是智利？对，是智利，一块真正的南美洲石头，石匠这么说过的。也许我们该买那一块的。

就随它去吧，卡米尔。你真以为你能把野草都抠掉吗？那不过就是野草。野草和苔藓。你怎么了，卡米尔？

我很难过。

这东西比任何石头都更牢固，不管石头是哪里的，值多少钱。他骗了我们，就是这么回事。他们全都骗了我们……

你知道吗，你走后好几年，我还一直能在家里发现你的头发？尽管我认识你时，你头上就已经没什么头发了，可我们的房子里还是到处都是你的头发。上一次找到你的头发是在一年前。那显然是你的头发。短短的，金色的，几乎要变白了。

能听到你的声音真好，卡米尔。

想听我给你讲件事吗？很恐怖。但又有些好笑，我觉得。是关于科别尔斯基的。你知道的，他很痴迷于割草机。

对那些东西简直是狂热，我想，他车库里的割草机肯定比他店里的汽车还多。星期天他总是在花园里推着它忙活！噪音大得像是在赛车，还有那股汽油的臭味，你还记得吗？最近一次又是这样。我们正坐在露台上，天气温暖，阳光很好，然后就开始了：科别尔斯基，泳裤，白花花的肚子，白晃晃的大腿，凉鞋，推着他最新的战利品在草地上来来回回——一个庞然大物，发动机像是拖拉机的。就这样大概持续了一个小时。至少。特别吵，又难闻，但科别尔斯基乐在其中，一切像以往一样。接着就发生了这件事。我不知道为什么，也许他穿着趿拉秃了的凉鞋滑了一下，也许是刀片打到了一块石头或一段树根，不论如何，他忽然抬了下割草机，向后踉跄，随后把割草机砰一声摔到地上。机器发出一阵难听的杂音，然后就安静了。

你说的“我们”是谁？

你还好吗，科别尔斯基，我问他。但他只是站在那儿，目光掠过花园篱笆呆呆地望着我们，什么都没说。这时我还注意到，他出汗多么厉害。汗水一溜一溜的沿着脸庞、沿着肩膀流下来。你还好吗？我又问了一次，这时他摇摇头。不好，他说，我觉得不好。他把割草机抬起来一点，下面露出了他的脚。本来长大脚趾的地方，现在只是一个深色的洞口，往外渗着血。脚的其他部分好像都还完好。就我所看到的来说，甚至连凉鞋也还是完好的。科别尔斯基低头向草里看去。然后他弯下腰，拾起了什么。远远看着像是一个圆圆的白蘑菇。但那其实是他的脚趾。他把脚趾高高举起来说：也许他们还能给我缝上。他说这话时相当平静，但他的脸色惨白如雪。

“我们”是谁，卡米尔？谁在周日下午和你一起坐在露台上？

嗯，他们没能把脚趾再缝回去。科别尔斯基对我们说，他把它保存在一个密封玻璃罐里。那个罐子放在他厨房的柜子里，就挨着调料盒。不过我也不确定，你也知道他。

嗯。

我要离开了，伯纳德。

什么……你说什么？当然我知道他……他是个疯子。他就是……科别尔斯基。对此还能说什么呢？

我要离开这里。

在一个密封玻璃罐里？肯定有什么不对。没人会这么做。他还总是喂那些鸟吗？他得搞明白，他会把鸟儿喂死的。糖分和脂肪会害死它们。那些鸟会因为高血压丧命。或者它们会炸开。面包在它们的胃里膨胀，直到把它们撑破。灌木丛里满是爆裂的死鸟。然后就会引来野地里的狐狸，甚至更糟糕的：下水道里的老鼠。可或许他就是因为这些才这么做呢。他就是个疯子，这个科别尔斯基，我认为，一定是那么多的汽油把他熏疯了……

伯纳德……

你到底怎么了，卡米尔？你的声音听起来有些生硬。别老叫我伯纳德。听上去那么严肃。你第一次这么叫我的时候，我就知道，再也回不去了。我站在那儿，忽然觉得自己是一个男人了。那很好，但也有些什么丢失了。每一瞬都有什么在丢失。你还记得你以前都是怎么叫我的吗？还那样叫我吧。

我希望我们重新用过去的名字称呼对方，卡米尔。

我不会想念保罗城的。它对我来说从来都不重要，你也知道。但我们一起度过的时光，我会怀念。那很美好，为此我也感激你，伯纳德。最近几周有很多事情要处理，现在一切都办好了。有了卖房子得来的那笔钱，不会有问题的。事情进展得很快。两个签字，就好了。

你把我们的房子卖了。

一辆装家具的卡车。昨天我又收了一次樱桃。满满一篮子，深红色，几乎都发黑了。我们也会有一个花园，但没樱桃树。不过从那里我能看到山。你还记得我多么想念山吗？很快我每天醒来望向窗外就能看到它们了，这不是很美吗？会有人来的。会有人来照顾你，伯纳德。照料花草植物。也会清除野草。他们会每个月来一次，把缝隙里的苔藓刮掉，给石头涂防护。墓板会再抛光一次。我希望上面能映出月亮。

不要哭了，卡米尔。

花儿真的很漂亮。我想你会喜欢的。

我们的房子。你卖了多少钱？我们的柜子怎么处理呢？它比房子还老。你不能就这样拉走。它经不起路上折腾。除非你先把它拆散。可是这么多年木头已经脆了。而且谁来再把它组装好呢？你不记得了吗，我们以前站在柜子前的样子？我们想象着，上面的纹理是街道和道路的地图，我们有一天要把那些路都走一遍。那时你笑了，卡米尔。你竟不记得了吗？你那时候笑得根本停不下来！

珍重，伯纳德。

别试着把柜子整个的搬下楼梯。它太重了，而且会散架的。不是因为我们在柜子里保存的东西。它们不重要。里面到底是什么来着？工具。旧床单。圣诞装饰，总之就是这一类的东西。重要的是这个柜子。重要的是你的笑。你的笑，卡米尔，你难道不明白吗？

卡米尔？

库尔特·科别尔斯基

前一天晚上，我被人说服代售一辆六七年的福特全顺。这辆车很有个性，我们花了整整一上午的时间刮除油箱内的大块黑铁锈。还有几个地方要焊接。到中午我干够了。我走到城市花园，坐到一张长椅上。栗子树的树荫下很是凉爽。高高的上空中两架飞机划过，在天空上画下一个边缘流散的十字。

得给它弄个新的后轴，我想，至少这个得做。

一只小鸟蹦蹦跳跳地过来。它在我前面卧下停了一会儿，什么也没做，然后就飞走了。我把背向后靠去，把腿伸直。我的裤子油迹斑斑，膝盖处有好几个洞。从上面看，膝盖像两张白色的小脸。

我不由得笑了一下。

一个穿牛仔裤的女人从我身旁走过。她的牛仔裤很紧，屁股在颤动或摇晃，起起伏伏，而在对面草地上，一只狗来来回回地跑着。它的舌头悬在嘴旁晃荡，像我以前见过的一条从校车车窗里伸出的粉红色衣袖。

我觉得累，不过是一种舒适的累。我身上哪儿也不疼，我不饿也不渴。

我想，也许我该自己留下那辆全顺。

我头上的树枝里一阵窸窸窣窣，随即一小摊白色鸟屎落在长凳上，就落在我身旁，"吧嗒"一声，在这一刻我明白了：今天是你这一生中最幸运的一天。

也确实如此。

科妮·布塞

窗子里的太阳。这就开始了。我应该擦擦窗户的，我想，在出发前把所有窗户再仔细擦一遍。但现在已太晚了。窗玻璃就像吸灰尘的磁铁。天知道，怎么灰尘偏偏能在光滑的玻璃表面上待住。形成一道道条纹。总是有这些条纹。

弗瑞德满是汗毛的腿擦碰着我的腿。他很明白该怎么做。不能太用力，但也不能太轻柔。无论如何不能太轻。一大清早不要兴奋。只有通过“不兴奋”，也许然后才有可能兴奋。这是我们心照不宣的约定。他的脚掌像一个热敷枕一样捂在我冰凉的脚趾上。他的一半脸蒙在被子里，率真而诚挚地注视着我，有节奏地动着下巴。他看起来像一只小狗崽。他的胡子在床布上的刮蹭是我们的清晨旋律。他说：我想把自己埋进你身体里。我说：我应该把窗户都擦一遍的。他往我身边挤着，在我耳边低声说：还有完全不同的事可以做啊。

这时玛雅和狗跑进来。她光着身子，睡衣肯定是掉在从浴室到我们房间的路上了。她站住，盯着我们看，不明白，也不想明白。斑驳的阳光在她的头发里闪动。最后她大笑起来，扑跳到我们床上。今天出发吗？对！真的，今天？对！狗在床前上上下下地欢跳，疯了似的狂吠。

玛雅的耳朵，很近很近。

她耳后纤细的绒毛。

她的脸颊。她娇小浑圆的肩。

她的笑。我们的笑。狗的叫。

弗瑞德的呼呼喘气和叽里咕噜，像一只巨大而危险的穴居动物。

汽车当然是装得满到车顶。好像不是去度假，而是搬家。本来也是一场搬家，弗瑞德说，把“日常习惯”也搬走。他装了一大箱子书。这些书他全都读过。而且大多数读过几遍。其中一本甚至是他写的。那是一本类似于地方志的书，《保罗城——无邻里的小城》。他写这本书，只是为了永远随身携带，以便在需要时为自己的工作——城市图书馆管理员——正名。他需要自己所熟悉的东西，他说，异乡对他来说已经足够陌生了。但现在他要先检查一下油。还有水。还有胎压。他用手指笨拙地在轮胎两侧到处摸索着检查。这是一件严肃的事。我曾为他这样的认真而爱过他。玛雅哼哼唧唧地哭闹。她的水球必须充上气。它必须充好气上路，不然看不见海豚的脸，不这样就不可能出发。弗瑞德把水球吹起来。他刚刮过胡子的脸颊红润而有光泽。玛雅现在满意了。好了吗？好了。毯子、孩子和狗在后座。出发喽。上车。启程。玛雅和蓝黄色的海豚脸对着汽车后窗玻璃大笑。保罗城在下沉吗，妈妈？是的，我的宝贝，像世间万物一样。

原野。后面细细的、黑暗的树。

方向盘上弗瑞德的双手。他随 *Let's Get It On*[1] 的节拍敲打的手指。

载满猪的大货车。木头板条之间的猪耳朵和猪鼻子。

我映在边境检查站窗玻璃上的脸。

边检官慵懒的挥手。

黄色的风景。柠檬。橄榄。废墟。路边真的有：一头驴。

玛雅睡梦中发出的各种声音。

---

① 美国歌手、作曲家马文·盖伊（Marvin Gaye，1939—1984）最著名的歌之一。

搭在打开的车窗上的我的手。

我们的度假屋在这个海边小镇上面一点的地方，有着俯瞰港口、眺望大海的视野。以前这里有渔业，如今只有民俗产业了。几个饭店和游客酒吧，六家纪念品商店，一小片海滩，紧挨其后的是十层楼高的宾馆，宾馆会在泳池边的酒吧举办夜间舞会。弗瑞德喜欢这个地方。他觉得这里没有丑到令人厌恶，但也没有美到让人不必要地激动。我也罕见地认为他言之有理。这里没有过度的东西，几乎一切都刚刚好。这令人安心，而且我们承担得起。这是我们第四次来这儿，玛雅认出了“她的”东西。摆放着蓝色床的房间。车库里的挖沙玩具。厨房天花板上不断变换形状的霉斑，今年它看起来像一个戴着高帽的盛怒中的男人的侧脸。我们上午去游泳，下午坐在露台，晚上在港口大道上唯一的一家真正的海鲜餐厅吃饭。翁贝托，我们的房东，告诉我们鱼是冰冻着从挪威运来的，所以味道这么鲜美。这对我们来说没什么。至少港口的空气是意大利的，蔬菜大概也是。

我们躺在沙滩上，看着玛雅挖沙子。她蹲在一个到她肩膀深的洞里，还在继续往下挖着，神情严肃而专注。看啊，这是我们的孩子，弗瑞德说。是，我说，我想，她有一点笨。是有那么一点，弗瑞德说，但除此以外都很好。我们两个都点点头。我试着挤出一丝微笑。天气热得难以忍耐。我在防晒油下出着汗。本来应该有风的，从大海吹来的风。远处的海面上有两艘游船摇摇晃晃地飘荡着。但没有风，一切都静止不动，我额头上粘了沙子。我不喜欢沙子。它们会粘在额头上、腋窝下、脚趾间，能把皮肤磨破。我有一次读到，一粒沙的表面上存活的细菌比一个普通小城市的人口还多。弗瑞德认为这是胡说，但他暗自里其实和我想的一样。也偶有一些我们意见一致的瞬间。玛雅现在想吃冰淇淋。你已经吃了两个了,我说。她一听就开始号啕大哭,并故意让自己跌倒。她就直直向前一摔，扑倒在沙子里大哭大喊。我说：估计只能这样了。弗瑞德说：决不！他跳起来，一把抓起我们此刻已经破涕为笑的孩子，把她扛到肩头，然后跑进海里。我把太阳帽遮到脸上，听他们扑哧扑哧的喷水声和喊叫。现在，因为我的嘴隐藏在帽子下，我也发出各种声音。在被太阳晒热的草帽下，用舌头轻轻地一咂，低声哼唱，咕哝嘟囔。

在从海滩回度假屋的路上，我在攀爬一大块水泥块时滑倒，在一个金属零件上划破了手腕。伤口并不深，最多两厘米长，但不知为什么，看到撕裂开的皮肤，我异常地感到不适和不安，我蹲下来，看着滴落在我两脚之间石头上的血。没那么糟，弗瑞德心平气和地说，缠上点绷带就好了。但这个该死的东西上有铁锈，我说。加油，你是个大姑娘了，他说着，笑得像个十五岁的小男孩。

日子一天天过去。得到休养的感觉出现了，但其实那只是日益增加的懒散懈怠。太热了，热到无意去散步，不想打开一本书，没兴趣享受鱼水之欢。甚至连思绪好像都在酷热中蒸发了。几天来海面上一直压着静止不动的云层。云是灰色的，在傍晚时分会变成隐隐发黄的红色。看起来很美，但玛雅认为，天空生病了，在发烧。至少她在这儿过得很好。一切她都喜欢,一切都能让她发笑。生病的天空。有趣的大海。餐盘里混浊的鱼眼。会像粉色小蛇沿手背蜿蜒而下的草莓冰淇淋。弗瑞德在水中七扭八歪的身体。自从我跌那一跤后，弗瑞德和玛雅就两个人去海边。伤口发炎了，我手腕上包扎了绷带，我不想让绷带碰到沙子、盐水或脏东西。弗瑞德每天早上给我换纱布，然后玛雅在上面画一张小脸。小脸是笑着的，是来抚慰我的。它确实也让我感到慰藉。上午我开着窗躺在床上度过。我享受独处。狗不算。它躺在门口，多数时候在睡觉，睡觉时它的舌头像抹布一样耷拉在嘴巴外面。

狗急促的喘息。

天花板上吊扇轻微的吱吱嘎嘎。

没有大海的呼啸。只有从山丘后的马路上传来的轰轰隆隆。

轰鸣。

急促喘息。

吱吱嘎嘎。

亮白天空。

白色房间。

他们冲进房间，身上充满大海的气息。弗瑞德扯下身上的T恤衫，趴在地板上做俯卧撑。每一次他的肚皮都吧嗒一声碰到地板瓷砖上。他的背通红，细沙从他的头发中纷扬飘下。他发出咕嘟咕嘟呼噜呼噜的声音，然后爬到床边，又爬回到门旁。狗舌头滴下的那一小摊口水，他视而不见。他现在是一只螃蟹。玛雅也是。我们是螃蟹，把大海带到了你身边，她喊着把一桶湿漉漉的贝壳和小石子倒到床单上。我装作很高兴。哈哈，我高喊，哈哈！

晚上我被码头渔船的嘎吱嘎吱和啪啦啪啦的声音吵醒了。起风了，预示着恶劣天气即将到来。弗瑞德的呼吸深而平静。他的嘴半张着。他看起来像以前一样。我轻轻溜进对面玛雅的房间，在她的床前弯下腰，仔细看着她的脸。她的脸美丽得让我想哭。我不知道，为什么我在平静中做的一切总感觉像在道别。

离回家还有两天。雷雨猛烈。在波浪的冲击下，一艘游船被打向码头堤岸，木头船身上撞破一个洞。翁贝托说，这船没救了，但也怪不了谁：这艘船至少已经有五十年历史了，靠着油漆和船主的祷告还勉强维持一体。只能做港口节时篝火的木柴了。玛雅哭起来。她说不出为什么，在我怀抱里无休无止地啜泣。后来她说，她为我们不能参与港口节而悲伤。而且她为那艘船难过。船上的洞看起来像是被一只水下动物咬了一口。它现在肯定要死了。我在卫生间给她脱下衬衫，把我的脸埋进她衬衫上湿润的泪痕里。

最后一天，弗瑞德和我坐在露台，望着大海。玛雅还在我们的床上睡觉。大概二十分钟前，我挂上一个极幸福、极快乐的微笑，那是只为弗瑞德一人展现的微笑。它应该表示我对他、对过去几天的假日、对总体生活的基本赞同。我僵硬地微笑着，望着远方说：在这里的海边，我总能清楚意识到，我多么需要自由。那种无穷无尽，蕴含着各种远近的可能。弗瑞德说：啊哈。我说：这儿真的是天堂。弗瑞德说：是，可是暴风雨后有一点难闻，我猜是海上漂浮的海藻。我抿了一口橙汁，然后把手放在他的小臂上说：你不能接受这里是天堂，因为你害怕被驱逐出去。你是那么恐惧，以至于对天堂的设想还没在你脑子里出现，你就必须赶走它。当然也可能是这样，他说。我把手抽回，又喝了一口橙汁。海鸥在我们头顶上方刺声尖叫。他说：海藻在海水表面蔓延，形成一层厚厚的、黏滑的毯子，它在阳光下腐烂，闷死下面的一切生命。我注视着他说：你是个蠢材。但这个词已经没人用了，我的小白兔，弗瑞德说，这是五十年代的词汇，现在只有在低级小说或庸俗的电视剧里才会出现。那我应该怎么叫你呢，我问。不知道，弗瑞德说，傻瓜？如果玛雅没在我们的床上睡觉，我们俩现在还可以去躺一下，我说。他从侧面看着我说：我爱你。我恨这样。它强迫你去回答。你不可能听到“我爱你”而不作回应。我又喝了一大口橙汁。橙汁异常甜美。我慢慢喝完橙汁，放下杯子。然后我说：我也爱你。

这时翁贝托出现在拐角处。他的脸绯红潮润，像是在发烧似的。请你们来一下，他说，恐怕是出事了。我们跟在他身后走去，绕过房子。我透过窗户看了一眼玛雅。她还在睡，她身边躺着那个有海豚脸的水球。请你们过来，翁贝托说。在炎热中变得灼烫的山丘上，马路盘旋向上，我们沿着路走了几百米。看那边，翁贝托说。马路边躺着我们的狗，死了。它的皮毛凌乱肮脏。肚子上裂开一个口子，伤口里流出一个像是微微发蓝的气泡的东西。苍蝇在它四周嗡嗡乱飞。弗瑞德哀叹一声。多年前我曾听到过他发出这种声音，仅那一次。他举起双手，好像要向什么人打招呼似的，然后又把手垂下，跑到狗那儿，在它身边跪下。翁贝托说：是一辆汽车，盘山路上的弯道转弯太急了。嗯，我说，一辆汽车。他说：我很抱歉。我点点头。弗瑞德把胳膊伸到狗身体下面，试图动动它。他把狗耳朵后的皮毛轻轻抚顺，挥动着手驱赶苍蝇。很奇怪，偏偏这个时候，我不由得想到我们初次见面的情形。他手里拿着一块蛋糕，站在商业街的文具店前。我看到他映在橱窗玻璃上的脸，我看到他蛋糕上的几粒碎屑飘落到地上。他既不英俊也不以任何方式引人注意，但他举止中的某些东西触动了我。我想，我替他感到难过。

玛雅出现在我们身后。她光着脚丫，穿着泳装，站在街上，双手遮在眼前挡阳光。妈妈？她说，妈妈？你们两个回房间里去，弗瑞德说。真该死，带上我们的孩子，跟她回房间去！

我想象着：

两个男人在山丘上。

他们吁吁喘息。

他们沉默肃穆。

他们的手。

弗瑞德额头上的汗，颈后的汗。

土块落在死尸上的沉闷声响。

我们当天傍晚就出发了。临别翁贝托送了我们两瓶红酒。他高高举起玛雅说："明年你就重得我都举不动了。"她向后仰着头，看着天花板。弗瑞德坐在驾驶座，他决心要一口气开到家。启程时我们挥了挥手。翁贝托喊了一些听不清楚的话，然后从我们的视线中消失了。夜很温暖。天空多云。几乎没有星星。月亮时不时露露脸。街道上很安静，没什么车。路上会很顺利的，弗瑞德说。肯定的，我说。这里的一切都还有它的气味，他说。是，我说，我们应该去把车洗一下，科别尔斯基最近提供彻底清洁服务。那是什么，弗瑞德问，彻底清洁？他们负责一切，我说，从排气管到脚垫。他们甚至会把杂物箱里的碎屑扫干净。什么碎屑，弗瑞德问。我说：我不知道，总有些什么碎屑的。弗瑞德打开收音机。这首歌我们听过多少次了，他说。不知道，我说，我们听过这首歌吗？他把收音机又关上。我打开车窗。好像四周都充斥着蟋蟀的叫声。把车窗关上，玛雅睡觉呢，弗瑞德说。我把车窗又关上，把我受伤的手夹在大腿间。绷带下的伤口还在疼。烫热的、一跳一跳的疼痛。我闭上眼睛，把头向后靠去。半睡半醒中我想：这是你活该，这是对你的惩罚。可是，为何而罚呢？我醒过来，看着夜晚的灯光闪过。我们开着车，没有说话。然后弗瑞德忽然说：她一个问题都没有问，你说这是怎么回事？她还是一个孩子，我说。从什么时候开始小孩子不提问题了，他说，我的意思是，毕竟她的狗被轧死了。也许她知道没有答案，我说，而且那是我们的狗。有时候你对我来说有点太聪明了，他说，我跟不上。我说：别说了。

玛雅随着日出醒来。还有多远？我们马上就到了，我的宝贝。你看到那边那些树了吗，那是杨树，不是柏树。杨树是原野的守护者。它们照看着我们的土豆。也照看番茄吗？也照看番茄，首要任务就是照看它们。

我解着手腕上的绷带。别弄了，弗瑞德说，我们到家就去看医生。伤口已经变成深色，而且黏湿，伤口边缘的皮肤都发炎了。我打开车窗，把胳膊伸到窗外，感受快速行驶带来的凉风。那是一道什么，妈妈？你指的是什么，宝贝？你胳膊上的红道，看啊，看起来像一条街。对，你说得对，宝贝，就是一条窄窄的红色街道。

晨雾中，保罗城的剪影浮现在我们面前。弗瑞德双手拍着方向盘喊道：你看，你错了，保罗城没有消亡，它还活着！

太好了，玛雅喊道，它还活着！它还活着！

高速公路的连接通道上，第一波通勤者已经迎面开来。玛雅挥舞着手。没人挥手回应。这会是美好的一天，弗瑞德说，夏天还没过去，还早呢。我看到原野上有什么闪动了一下，如一道倏忽掠过的影子。没有云。没有鸟。除了远远的、灰白的天空，什么都没有。我想，我现在要立即去看医生，我说，这样也许比较好。弗瑞德看着我。然后他调低一挡，踩下油门。从现在开始，一切就很快了。

哈里·斯蒂文斯

作为生者思索死亡。作为亡者谈论生命。那会是什么样的？彼此对对方一无所知。有些臆测。还有回忆。但两者都会骗人。

你们记得有个里夏德·雷克尼耶尔吧。被他们叫作疯子的那个人。可能他是有一点疯狂，但我也一样，所以这正好。至少我当时是这样想的，现在依然这样想，如果能谈得上是清晰的“‘想’法”的话。我们不一定是常人所认为的朋友。我们相互不讲自己的秘密或类似的事。我们只是喜欢待在一起，此外就没什么了。

一天傍晚，我们约在市政厅广场见面。我们想去对面的金月亮喝上两杯。他穿着连体工装和脏兮兮的工鞋。“嘿，雷克尼耶尔，”我对他说，“今天我请客。”

“好的，”他说，“你请吧。”

我们慢慢走着，绕了几次弯路。那是秋季里最后几个温暖的傍晚之一。云层涌起。空气温润。雷克尼耶尔从工装的一个口袋里掏出两颗苹果。我们边走边吃，我不知道，为什么偏偏是这两颗苹果在这一个傍晚那么可口。

金月亮的门开着，洒落的啤酒的酸味透到门外。吧台坐着两个男人，其中一个忽然大笑一声，然后头向前一沉，一动不动了。

“来，”雷克尼耶尔说，“我们再走一段。”

我们沿着商业街走了几圈，路过学校，然后向城郊走去。每走几米，雷克尼耶尔就从某株灌木或某段矮树篱笆上摘点什么，塞进嘴里啃啃咬咬。

“这是什么？”我问。

“绿色植物。”他说，“你想象不到你身边都有什么好东西。”

这时已是夜晚。窗子里几乎都还没亮起灯。月亮挂在树梢。我们路过最后几户人家的花园，沿着一条田间路继续走着。郊外微风轻拂，迎面吹来肥料的气味。我们走了好一会儿，一句话都没说。忽然雷克尼耶尔站住了。

“我想让你看样东西。”他说。

“什么？”

“得等月亮不见了。”他转过身去，指着城市上空升起的一道灰沉的云墙。

“肯定要下雨了。”我说。

“那就好了。”他边说边从口袋里掏出一小包香烟。

“你从什么时候开始抽烟了？”我问他。

“不知道。”他说，“一直都抽。”

我们凑在一起点烟。火柴在我们俩的脸之间燃起，有那么一刻，我觉得自己像是在篝火旁。两个小伙子，在荒野中的某处。我们吸着烟，看着乌云慢慢滚到月亮前。

“你喜欢她，对吧？”雷克尼耶尔突兀地问了一句。

“谁？”

“得了吧……”

“不知道。”我说，“我跟她说话从来没超过几句。”

“你喜欢她。”他重复道。

我耸耸肩。“你得看看她的手，又瘦又白。”

“指甲可不。她的指甲边缘是深色的，因为花土。”

“是。那现在呢？”

“我不知道。我不了解这种事。我喜欢她。你喜欢她。别的就没什么好说的了。”

“对。”我说，“应该是没什么可说了。”

黑暗笼罩住原野，好像夜晚现在才降临似的。

“开始了。”雷克尼耶尔说。

他指着保罗城休闲娱乐中心的方向。一个轮廓远远地从地面耸起，几乎看不清楚。

“我什么也看不见。”我说。

“等等。”他说。

我凝视着黑暗。我听到雷克尼耶尔把重心从一条腿移到另一条腿，听到泥土在他脚下嘎吱作响。我心里想着她的手，想着她指甲深色的边缘。

“现在。”他说。

最开始还是什么也看不到，只有昏黑夜色中的一座黑色山丘。然后我看到，一点微光从底部开始亮起。那是一点柔和的、悬浮着的光，忽然光点好像拉长了，在黑暗中划出一道微微闪光的弧线。就在同一瞬间，下面的丘陵也亮了起来。它沉浸在灵动起伏的、轻柔梦幻的几乎是透明的蓝光里，像是月光照耀下的一道波浪。或者一只正在呼吸的、巨大的甲壳虫的背。我们前方的黑暗中正在呈现的，简直是一个奇迹。它持续了几秒，然后就结束了，光亮消散。

“那是高速公路的连接通道。”雷克尼耶尔说，“在这个时间正好。没什么车。有四盏汽车前灯的话就太亮了。而且天上必须有云。但不能下雨，不然就太暗了。现在这样就刚刚好。”

我们又等了三辆车，然后就转身踏上回家的路。

“也该走出保罗城看看。”我说。

“是的。”雷克尼耶尔说，“应该这样。”

我们在凯尔纳广场的老树下告别。我还目送了他一会儿，然后我往相反方向走去。我悠闲地走过一些旁支小路，走过墓园的老围墙，向商业街的方向走去。风更大了，在树冠里引起轻轻的簌簌声。我有些疲倦，但回想起刚在城外原野上看到的景象，我又感到轻盈而自由。我走进商业街时，开始落下硕大的雨点，到索菲亚·布莱尔的烟草店前时，已是大雨滂沱。有一刻我想象着，如果就这样站在雨中仰脸向着天空会是什么样的。但接下来我还是开始快走甚至奔跑起来，因为商业街上空无一人，我想听听我的脚步踏进水洼的啪啪声。

关于雷克尼耶尔：他有一天忽然不见了。保罗城没人知道他去了哪儿。他没有跟任何人道别，也没人看到他离开。他就是不见了。我经常想起他。也曾徒劳地试着想象，他到底是一个怎样的人。

一年年过去，我变老了，死了。我的葬礼举行时，接骨木正繁花盛开，出乎意料的是来了很多人。雷克尼耶尔不在其中。他没来，因为他先于我离开了，这一点我始终没原谅他。

我的长椅还在吗？桦树呢？

图书在版编目（CIP）数据

原野上 /（奥）罗伯特·泽塔勒著；刘秋叶译. --
海口：南海出版公司，2022.11
ISBN 978-7-5735-0253-7

Ⅰ. ①原… Ⅱ. ①罗… ②刘… Ⅲ. ①长篇小说－奥
地利－现代 Ⅳ. ①I521.45

中国版本图书馆CIP数据核字(2022)第117094号

著作权合同登记号　图字：30-2022-054

Title of the original German edition:
Author: Robert Seethaler
Title: Das Feld

Chinese language edition arranged through HERCULES Business&Culture GmbH, Germany

原野上
〔奥〕罗伯特·泽塔勒 著
刘秋叶 译

出　　版　南海出版公司　(0898)66568511
　　　　　海口市海秀中路51号星华大厦五楼　邮编 570206
发　　行　新经典发行有限公司
　　　　　电话(010)68423599　邮箱 editor@readinglife.com
经　　销　新华书店

责任编辑　黄宁群
特邀编辑　刘悦慈　杨　初
营销编辑　王书传
装帧设计　韩　笑
内文制作　贾一帆

印　　刷　山东韵杰文化科技有限公司
开　　本　850毫米×1092毫米　1/32
印　　张　7.5
字　　数　130千
版　　次　2022年11月第1版
印　　次　2022年11月第1次印刷
书　　号　ISBN 978-7-5735-0253-7
定　　价　59.00元